Ara Schmidt

Lehrkörper

Und was fürs Leben blieb

Frau Södering war sicher not amused, als wir, Untersekunda des städtischen Mädchenaquariums, uns tatsächlich für Frau Mooser, mit Doppel-o, entschieden.

Die Frage, welche Lehrerin - es gab fast keine Männer im Aquarium - eine Studienfahrt begleiten würde, war immer hochspannend. In erster Linie für die Unterrichtenden, denn die Schülerinnen konnten, bei guter Vorarbeit, meistens selbst wählen, wer ihnen am wenigsten lästig werden würde.

Frau Södering unterrichtete uns damals gerade in Geografie. Sie war eine noch junge Frau mit einem gesetzten Habitus, aber auf den zweiten Blick doch ziemlich albern. Mit Ihr haben wir die Kölner Bucht ebenso weggelacht wie den Suezkanal, den ich in einem Referat vor Aufregung standhaft von Herrn de Lepsess hab erbauen lassen, resistent gegen die wiederholten Versuche von Frau Södering, Herrn Ferdinand de Lesseps die Ehre zu geben. Es war das einzige Mal, dass ich nicht wusste, worüber alle lachten.

Wer Lehrplangestaltung kennt, weiß, dass zwischen Kölner Bucht und Sueskanal einige Zeit verstreicht. Wir haben viel gelacht in ihren Stunden, nicht nur über die Unsäglichkeiten der Geografie, sondern auch über ihre eigenen, je aktuellen Herausforderungen.

Sie war keine sehr hübsche Frau mit einem drallen, fast säulenförmigen Körper, der unter der Verjüngung des Halses auf der Vorderseite eine beachtliche Ausstülpung aufwies. Dieser Körper wirkte fest und ließ auf der Kleidung keinerlei Einschnürung oder Wulstbildung erkennen. Bei fast allen anderen Lehrerinnen zeigte sich zumindest der Einschnürungsstreifen des BHs, auch bei den Schlankeren, nicht so bei Frau Södering. Sie trug gerne sehr eng sitzende Etuikleider und ihr Gewand für die gemäßigten Festlichkeiten in der Schule war ein solches aus dunkelblauem Taft. Aber nicht einmal da zeigte sich der geringste Wulst, und wir haben viel Zeit darauf verwendet, einen zu finden.

Endlich, als eine von uns bei einem Schulkonzert in der Aula neben ihr saß, entdeckte sie zu ihrer - und dann unserer - Genugtuung eine bedeutende Auswölbung, fast genauso beträchtlich wie der Busen, unterhalb desselben. Wir fanden das sehr angemessen. Es klärte aber keineswegs das Rätsel der absoluten Wulstlosigkeit an der stehenden Frau Södering. Im Unterricht stand sie entweder an der Karte oder an der Tafel, oder sie saß vorgebeugt hinter dem Lehrerpult, so dass wir die zweite Auswölbung an ihrem Oberkörper nicht sehen konnten. Jedenfalls beschäftigte die Körperlichkeit von Frau Södering lange Zeit unser Denken und unsere Fantasie. Wir waren untereinander zu dem Schluss gekommen, dass sie ein Korsett trug, das irgendwie hochgeschlossen war. Es gab dazu interessante Entwurfsskizzen, aber nie eine Verifizierung.

Eines Tages überraschte uns Frau Södering mit der Neuigkeit, dass sie eine Apfeldiät begonnen habe. Nur Äpfel, zu jeder Malzeit, und es schien ihr Freude zu machen, herzhaft in die zumeist knackigen Äpfel zu beißen, sodass man Ihre Bemühung um eine zierlichere Silhouette auch akustisch auf keinen Fall ignorieren konnte.

Ihr Erfolg, einer von recht kurzer Dauer, wurde erst sichtbar, als uns im neuen Schuljahr eine andere Lehrerin die Wunder der Geografie nahebrachte.

Mit ihr haben wir weniger gelacht, aber spannend war es von Anfang an, und zwar schon ab dem Moment, wo Frau Westerland knapp vor dem Läuten zur ersten Stunde aus ihrem VW Käfer in das Schulhaus stöckelte. Manchmal war es sogar nach dem Läuten, oft, wenn sie in der ersten Stunde zu uns kam. Sie hatte entschieden keine Apfeldiät nötig, aber auch Frau Södering konnte sich dank der Äpfel eine begrenzte Zeit lang über angenehm locker sitzende Etuikleider freuen.

Nun, es war diese Frau Södering, der wir trotz aller albernen Verbundenheit eine so schmerzliche

Enttäuschung bereitet hatten, als wir Frau Mooser, mit Doppel-o, baten uns auf der Studienfahrt zu begleiten.

2

Diese Fahrt sollte uns ins fränkische Barock führen und wir selbst hatten uns Ziel und Inhalt der Fahrt ausgesucht. In den 60er Jahren hatten Studienfahrten nach London, Rom, Paris oder gar eine Flugreise nach Moskau oder Brisbane ihre Morgenröte noch nicht gesehen und bei Studienfahrten, einer pro Schullaufbahn, lag der Akzent auf Studien, auch bei uns Schülerinnen. Wir wollten also nach Tauberbischofsheim in die Jugendherberge (sic!) und uns von dort aus in die erreichbaren barocken Sensationen stürzen. Über die möglichen Ziele dieser Fahrt hatten wir oft und gerne mit Frau Södering in deren Unterricht Zeit geschunden und deshalb hatte sie wohl auch, kaum verwunderlich, den Eindruck gewonnen, dass sie unsere Begleitung werden würde. Aber völlig gewissenlos entschieden wir uns dann eben für Frau Mooser mit Doppel-o.

Sie unterrichtete uns in Kunst und weil es bis dato keine andere Kunstlehrerin gab, blieb sie uns bis zum Abitur erhalten. Sie hatte uns mit der "Knubbeligkeit der Muskeln" einen entscheidenden Schlüssel für die Reize des Barocks geliefert und den Grundstein zur Planung dieser Reise gelegt. Wir mochten Sie sehr gern und freuten uns immer auf die 2 Stunden Kunst einmal in der Woche. Frau Mooser war eine kleine, nicht mehr junge Frau deren Umfang noch etliche Zentimeter mehr aufwies als der von Frau Södering und sie konnte auch mit einer angemessenen Wulstigkeit aufwarten. Ihre oft etwas abenteuerliche Kleidung saß deutlich lockerer als die Etuikleider der Frau Södering. Mit ihr fest verbunden war, seit der Unterrichtseinheit über den Barock, der Begriff "Knubbeligkeit".

Sie liebte Bekleidung in schwarz-weißen Mustern, oft gemixt, und trug häufig elfenbeinerne Sterne oder Röschen an den Ohren, die einen starken Kontrast bildeten zu ihren kurzen, leicht gewellten Haaren, deren dunkler Ton durch graue Lichter aufgehellt wurde. So wirkte sie durchgehend schwarz-weiß gemustert.

Wenn sie, wie so oft, ein Zigarillo rauchte, was ihre robuste Ausstrahlung unterstrich, wirkte sie ein wenig männlich, trotz ihres Ohrschmucks. Das beeindruckte uns Mädchen sehr.

Unsere damalige Klassenlehrerin, Frau Schill, hatte uns früh wissen lassen, dass sie für eine Studienfahrt nicht zur Verfügung stehen könne wegen ihrer noch relativ kleinen Kinder. Wir stellten uns sofort mit wohligem Schauern vor, dass ihr Mann, den wir in unserer ganzen Schulzeit nie zu Gesicht bekommen hatten, mit den Kindern allein hoffnungslos überfordert und die Wohnung bei der Rückkehr seiner Frau in Schmutz und Unrat versunken sein würde.

Dass eine Lehrerin nicht wild darauf sein könnte mit einer Horde pubertierender Mädchen eine unbequeme und anstrengende Woche zu verbringen, würden wir für eine völlig abwegige Theorie gehalten haben, wenn wir jemals an eine solche Möglichkeit gedacht hätten. Jedenfalls war Frau Schill schon längst aus dem Rennen, als Frau Södering sich noch vorstellte uns zu begleiten.

Den Mann von Frau Södering haben wir gesehen, nicht etwa kennen gelernt, als er sie einmal zu einem unserer Schulkonzerte begleitete. Er sah überraschend gut aus und seine Frau, im dunkelblauem Taft Etui, war sichtlich für diesen Abend beim Frisör gewesen und wirkte sehr frisiert, aber eben nicht besonders hübsch.

3

Es gab nur wenige, ansehnliche Lehrerinnen im Aquarium. Eine davon war eben jene Frau Westerland, die uns nach Frau Södering in Geografie übernahm, eine nicht mehr ganz junge und doch eher gutaussehende als hübsche Frau. Sie war schlank und trug nur Schuhe mit hohen, dünnen Absätzen. Im Sommer gewagte Sandaletten, In den übrigen Jahreszeiten Stöckelschuhe, deren Farbe akribisch auf die der Kleider abgestimmt war. Sie gehörte zu den wenigen unserer Lehrerinne, die sich schminkten und trug ihren Kinnladen, dunkelblondierten Mopp natürlich und nur leicht toupiert. Im Winter kleidete sie sich meistens in enge Röcke mit schicken Pullovern, im Sommer bevorzugte sie Kleider, aber nie kurzärmlig oder gar ärmellos. Dafür aber immer aus dünnem Stoff, meistens eng und durchgeknöpft. Auch bei immer konnte man übrigens immer den BH-Einschnitt sehen, obwohl sie schlank war.

Wenn sie ins Klassenzimmer kam, stellte sie ihre Tasche auf den Stuhl hinter dem Lehrerpult, packte ihr Notenbuch und einen Kugelschreiber aus, legte beides auf das Pult, umrundete dann dasselbe und schwang sich hinauf in einen eleganten Sitz mit übereinander geschlagenen Beinen. Ihre Beine waren nicht nur übereinandergeschlagen, sondern auch umeinandergeschlungen. Tatsächlich lag die Fußspitze des oberen Beines hinter der Wade des unteren. Ihr

Körper blieb sehr gerade aufgerichtet und der Kopf auf dem gestreckten Hals deutlich erhoben. Die ganze Frau stand vom Kopf bis zu den Fußspitzen unter Spannung.

Ihre offenbar sehr gelenkigen Beine, im Sommer strumpflos und erstaunlicherweise von Anfang an gebräunt, ließen uns mit ihrem Alter gnädig verfahren. Zumindest jedoch fanden wir, sie habe gute Beine für ihr Alter. Ihre Affinität zur Langärmeligkeit gab allerdings Anlass zu der Vermutung, dass die Konsistenz ihrer Arme einer vorteilhaften Altersschätzung abträglich wäre. Insgesamt war sie jedoch eine der beeindruckenderen Damen im Kollegium, zumindest für Mädchen im Backfischalter, die überwiegend von fülligen, angejahrten Knotenträgerinnen, bestenfalls hausfrauendauergewellt, in Haferlschuhen unterrichtet wurden. Umso interessanter die wenigen, sehr unterschiedlichen Ausnahmen, die beim Start zunächst alle spannend für uns waren, im Verlauf der gemeinsamen Bemühungen sich jedoch in einigen Fällen wirklich ätzend auswirkten.

Frau Westerlands potenzieller Mann beschäftigte uns im ersten Halbjahr unserer gemeinsamen Arbeit nicht unerheblich, aber weder wurde er je erwähnt, noch bekamen wir ihn etwa zu Gesicht. Wir hatten sondiert, dass die hübschen Hände von Frau Westerland zwar diskret beringt waren, nichts aber nach Ehering aussah und so wuchs der Verdacht, sie sei am Ende gar nicht verheiratet. Unverheiratete Lehrerinnen im Aquarium hatten, so unterschiedlich sie auch sonst waren, alle die leicht ranzige altes- Fräulein Aura und wirkten, wie viele Lenze sie auch tatsächlich zählen mochten, einfach ältlich. Es gab erstaunlicherweise nicht sehr viele davon und Frau Westerland wäre entschieden die Ausnahme von der Regel.

In dem Maße, in dem wir uns kennen lernten und vertrauter miteinander wurden, gab es, wenn auch in kleinen Dosen, immer mal wieder Hinweise auf ihren privaten Bereich. So mitteilsam Frau Södering gewesen war, so zugeknöpft und Einblicks resistent verhielt sich Frau Westerland. Trotzdem erfuhren wir im Rahmen eines Diavortrags mit -privaten- Dias über die Vegetation auf kalkhaltigen Waldböden, dass sie häufig mit ihrer Schwester in Urlaub fuhr. Diese hatte nämlich bei einer gemeinsamen Wanderung das Foto eines wunderschönen Frauenschuhs in einem lichten Buchenwald gemacht, an dem Frau Westerland sich noch immer delektierte, als sie es uns zu Bildungszwecken zeigte.

Aha, sie machte also mit ihrer Schwester Urlaub, nicht mit ihrem Mann. Und um die Sensation perfekt zu machen, enthüllte sie uns, fast aus Versehen, dass es sich um eine Zwillingsschwester handelte. Sie erzählte uns, dass sie ohne Probleme Einschreibebriefe für Ihre Schwester annehmen könne und auch Radarfotos nicht wirklich schmerzliche Konsequenzen hatten, weil ja nie klar wurde, wer am Steuer gesessen hatte.

Kurz vor unserer gemeinsamen Zeit mit Frau Westerland, die uns immer interessanter wurde, hatten wir im Biologieunterricht bei der sehr geschwätzigen Frau Müller-Weinacht, quasi off the records, erfahren, dass Zwillinge, vor allem eineiige, eine so starke Bindung zueinander hätten, dass sie praktisch keine andere mehr eingehen könnten. Jetzt, im Zusammenhang mit Frau Westerland, hatten wir, was selten genug geschah, den Eindruck, etwas äußerst Relevantes und Nützliches erfahren zu haben und das ausgerechnet von Frau Müller-Weinacht, bei der wir monatelang Erbsen und Meerschweinchen ausgemendelt und unsere Biohefte über Seiten mit tabellarischen Zeichnungen der F2 und F3 Generationen gefüllt hatten. Dieser Einblick in ihre ganz persönliche Zwillingsforschung war nur ein Abfallprodukt gewesen und erwies sich jetzt als so wertvoll. Ein völlig anderes Licht fiel nun auf unsere Spekulationen über den Ehemann der Frau Westerland und wir begannen uns mit Bedauern von der Theorie zu verabschieden, dass sie irgendwann einmal an der Seite eines gutaussehenden, hochgewachsenen und gewandten

Märchenprinzen bei einem Schulkonzert erscheinen würde. Endgültig begraben mussten wir diese Vorstellung, als sie nach einer 6. Stunde, die sie vertretungsweise bei uns hielt, bemerkte, sie müsse sich beeilen, weil ihre Schwester sie schon eine Stunde früher zum Essen erwartet hätte. Peng, aus der Traum. Trotzdem blieb sie eine ungeheuer attraktive und interessante Lehrerin und ihre Beine blieben ganz gut für ihr Alter.

Der Anblick ihrer Schwester ist uns nie vergönnt gewesen, aber wir wussten ja, wie sie aussieht.

4

Von Frau Westerland haben wir uns verabschiedet, als wir ab der Unterprima keinen Geografieunterricht mehr hatten. Dafür gab es jetzt wieder Biologie auf dem Stundenplan, ein Fach, das ich eigentlich sehr geschätzt habe, abgesehen von der glücklicherweise kurzen Ära der schon erwähnten Frau Müller-Weinacht und der auf sie folgenden Zeit mit Frau Roche.

Diese war eine von den jungen Kolleginnen im Aquarium, von einer etwas bemühten, platinblonden, auftoupierten Hübschheit. Sie unterrichtete Sport und Biologie und während sie in der Sporthalle und auf dem Sportplatz immer lange Trainingshosen trug, wählte sie für Ihre Anwesenheit im übrigen Schulhaus enge Röcke, so kurz wie unsere Direktorin es eben statthaft finden mochte. Die präsentierten ausgesprochen sportliche Beine mit festen, starken, irgendwie knubbeligen Waden und recht wohlgeformte Knie. Dazu trug sie oft großzügig ausgeschnittene Oberteile, die auch einen freien Blick auf ihre festen Oberarme boten.

Nun gut, sie war jünger als die elegante Frau Westerland, aber deren Beine waren tatsächlich, auch im Vergleich, ganz gut für ihr Alter.

Dass Frau Roche verheiratet war, war kein Geheimnis. Überhaupt gab es wenig Geheimnisvolles an ihr und ihr Auftreten war ebenso platt wie ihr Unterricht.

Wir lasen stundenlang gemeinsam im Biobuch und wenn je sie uns etwas erzählte, lag das aufgeschlagene Buch vor ihr auf dem langen Präsentationstisch des Biosaales. Sie saß dahinter, zwei Stufen höher als wir, und las uns praktisch vor, was wir im Buch auch selbst hätten lesen können. Hausaufgabe war jeweils ein Kapitel weiterzulesen, und für die Note hörte sie dann das Gelesen-haben-sollende ab.

Wir machten nur sehr sporadisch Hausaufgaben und immer, wenn eine von uns erwischt wurde, die keine

Inhaltsangabe machen konnte und gestehen musste sie habe es nicht gelesen, war der gewichtige Kommentar: "Das merkt man, das merkt man sehr ---." Was auch sonst? Wie soll man etwas wiedergeben, das man nicht gelesen hat. Ähnlich tiefgründig war der gesamte Unterricht der Frau Roche und nicht einmal ihr sogenannter Sexualkundeunterricht war ein Strudel in dem so gleichmäßig seichten Wasser. Auch hier lasen wir in dem gut moderierten Buch, wir vor dem Versuchstisch, sie dahinter, und es war uns tatsächlich einiges neu trotz des regelmäßig kursierenden Dr. Sommer in der neuen Bravo; hin und wieder auch ein Fremdwort wie zum Beispiel "Masturbation". Wohl bedenkend, dass wir sie kaum je mit überraschenden Fragen quälten, fragte eine von uns, was denn Masturbation sei. Oh je! Sie hob ihre relativ großen, wasserblauen Augen von der Buchseite, schlug weit ihre mit sorgfältig getuschten Wimpern bewachsenen Lider auf, sah uns mit einem Blick verlegener Unschuld aber auch mit einer dahinter lauernden Sensationsfreude an und sagte, "tja, wie erklär ich euch das?" Pause. Wir, weniger an der Begriffserklärung -für die hatten wir schon unsere Quellen - als an der Attitüde der Frau Roche interessiert, warteten quasi mit angehaltenem Atem auf die Fortsetzung dieses Präludiums. Wie abwesend in den Raum blickend dachte Frau Roche nach, bis sie endlich uns anschaute und unter Öffnen und Schließen einer Hand sagte "manuel". Es klang wirklich wie der Vorname, mit gedehnter erster Silbe und nur schwach gesprochener Endsilbe. Sie wiederholte das Wort, "Manuel", und hielt jetzt, uns hilflos und bittend ansehend, die Frage für beantwortet. "Was soll ich noch sagen?" Nichts, fanden wir und hatten Mühe unser Lachen bis zur Pause zurückzuhalten. Die Kompetenz der Frau Roche hatten wir nie überschätzt, wohl aber ihre freizügige Unbefangenheit.

Sie sah nicht nach mädchenhafter Scham aus und, dass sie regelmäßig mit ihrem Mann in die Sauna ging, hätte in den 60er Jahren auch nicht jede Lehrerin mit Schülerinnen zum Gesprächsthema gemacht. Hinzu kam, dass ihre Vorgängerin, Frau Müller-Weinacht, sie sehr nachdrücklich unter die Kolleginnen subsumierte, die "sich aufmachen wie Huren" und davon gab es maximal 4. Die schminkten sich maßvoll, färbten sich die Haare und trugen modisch kurze Kleider und Frau Roche war wohl die am wenigsten Dezente von ihnen, aber durchaus noch salonfähig.

Ihr Mann, den wir von Stund an Manuel nannten, obwohl er Volker hieß, unterrichtete im benachbarten Jungengymnasium Sport und Englisch. Er war ein hübscher, junger Mann und auch er verwandte viel Sorgfalt auf seine Erscheinung. Er trug immer, außer im

Sportunterricht natürlich, Anzug und Krawatte und ein Einstecktuch, das zur Krawatte passte. Fast alle männlichen Lehrkräfte, die wir kannten, trugen Saccos und Krawatten, das war damals nichts Besonderes, aber es waren in der Regel Kombinationen. Herr Roche jedoch trug veritable Anzüge und wirkte mit den offenbar sorgfältig ausgesuchten Krawatten, dem passenden Einstecktuch und der gepflegten Frisur ausgesprochen gestylt. Beide waren ein bisschen wie Paradiesvögel in der sonst so beamtenmäßig soliden Schullandschaft. Wenn man in der Kategorisierung der Frau Müller-Weinacht hätte weiterdenken wollen, dann hätte man ihn vielleicht in die Berufsgruppe der Zuhälter einordnen können, obwohl er keinen Goldschmuck um den Hals getragen hat, zumindest nicht sichtbar.

Er hätte uns möglicherweise gefallen können, aber er sprach sehr nachhaltig einen sächsischen oder thüringischen Akzent, frequentierte mit seiner Frau die Sauna und hatte irgendwie mit Manuel zu tun. Also .... Seine Frau hatte einen kaum merklichen brandenburgischen Zungenschlag, beide kamen demnach aus dem deutschen Osten, wo es ja bekanntlich andere Gepflogenheiten gab als im katholischen oder evangelischen Westen.

Von den Jungens wussten wir überdies, dass auch seine Kompetenz nicht allen Herausforderungen standhielt. Diese auffallende Gemeinsamkeit mit seiner Frau und ihrer beider ebenso auffallende Erscheinung ließ hie und da die Frage aufkommen, ob die beiden überhaupt wirklich Lehrer waren, oder ob sie nicht, und hierbei kam ein schaurig-schöner Grusel auf, vielleicht Stasi Spitzel wären. Was die Stasi am Schulleben einer niederrheinischen Provinzstadt interessant finden sollte, war uns völlig nebensächlich. Wir waren mitten im kalten Krieg und die Roches waren so passende Protagonisten.

Sosehr uns der fiktive Ehemann von Frau Westerland in Anspruch genommen hatte, so gleichgültig war uns, abgesehen von seiner Thriller Tauglichkeit, der reale Gatte von Frau Roche, übrigens auch sie selbst, und wir konnten sie ohne Bedauern wieder verabschieden.

Allerdings begleitete sie noch eine Weile unsere körperliche Ertüchtigung. Sie war in der Zeit des glänzenden Biologieunterrichtes und noch danach auch unsere Sportlehrerin, und wir konnten uns einmal in der Woche in einer Doppelstunde an ihrem sorgfältig konstruierten Gutaussehen weiden. Ihre schon erwähnten Trainingsanzüge waren unspektakulär, aber aufgehübscht durch ein farbiges Blüschen, das sie unter der Jacke trug und das der halb geöffnete

Reißverschluss in Szene setzte. Ihre besondere Sorgfalt galt jedoch auch im Sportunterricht ihrer Frisur, deren kunstvollen Aufbau sie unter keinen Umständen irgendeiner Gefahr ausgesetzt hätte. Das Gleiche galt für ihre Fingernägel, die ihre sorgfältig manikürten Hände in der Farbe ihres Lippenstiftes krönten. Hellrosa! Hellblondes Haar, wasserblaue Augen, hellrosa Lippen und Fingernägel. Diese Schönheit hat sie nie für irgendeine sportpädagogische Intervention aufs Spiel gesetzt. Wir sahen sie immer nur neben uns stehen in ihren tadellos sitzenden Trainingshosen, oft mit dem Notenbuch in der Hand, und Anweisungen geben. Nie hätte sie eine Übung an einem der Geräte, an denen wir uns unter ihrer Ägide abarbeiten durften, vorgeturnt. Das hätte die Frisur gekostet oder, beim hohen Bock, möglicherweise die Fingernägel. Vorturnen durften motorisch begabte Mitschülerinnen und Hilfestellung leisteten die kräftigeren Mädchen, die nicht unbedingt traurig waren, dass sie nicht selbst über den Kasten fliegen, sondern nur beherzt zugreifen mussten. Frau Roche überstrahlte unser Bemühen mit ihrer ungefährdeten Schönheit. Wir hatten zwischendurch den Verdacht, dass sie Sport gar nicht könne, was umso eher möglich schien, als sie ja auch Biologie nicht wirklich konnte. Aber immerhin hat sie uns mit einer Vielzahl von Geräten und deren potenziellen Gemeinheiten bekannt gemacht.

Auch in der Leichtathletik entsprach ihr Auftreten auf dem Sportplatz genau dem in der Halle, nur um zwei Requisiten reicher, nämlich Trillerpfeife -obwohl, die benutzte sie auch hin und wieder in der Halle, z.b. bei Ballspielen oder bei Lauftrainings - und Stoppuhr. Das Maßband überließ sie selbstverständlich einer vertrauenswürdigen Schülerin, denn nie hätte es ihre Frisur verziehen, wenn sie sich über die Sandgrube gebückt hätte, um die Sprungweite zu messen. Unnötig zu sagen, dass Sport auf dem Platz nur möglich war bei günstigen Wetter- vor allem Windverhältnissen. Bullenhitze durfte herrschen, Frau Roche bewegte sich ja nicht, aber ein auch nur leichter Wind verbot unbedingt die körperliche Ertüchtigung im Freien. Es war folgerichtig, dass wir adoleszenten Bewegungssüchtigen aus bekannten Gründen - gern auch mehrmals im Monat - auf der Bank sitzen blieben. Frau Roche führte da nicht so genau Buch.

Ich erinnere mich an noch so eine Sportlehrerin, die eigentlich nur im Kommandoton mit Trillerpfeife Anweisungen gegeben, aber sich nie selbst bewegt hat. Das war die allererste Sportlehrerin, die wir am Gymnasium hatten. Damals gab es für uns Mädchen noch keine Sporthalle, es gab aber in der Stadt eine kleine Schwimmhalle, das sogenannte Lehrschwimmbecken, das allen Schulen zur Verfügung stand. Das führte dazu, dass wir einmal in der Woche statt Sport nachmittags Schwimmunterricht bei Frau Bartlewski hatten. Für diese erquickenden Nachmittage musste ich über Mittag in der Schule bleiben, weil ich es nicht geschafft hätte, mit Straßenbahn und Bus nach Hause und wieder zurück zur Schule zu fahren. In dieser Zeit waren meine Hausaufgaben einmal in der Woche vorbildlich vollständig. Ich erinnere mich nicht, ob es ein halbes oder ein ganzes Schuljahr dauerte, jedenfalls eine ziemlich lange Zeit, die wir in unterschiedlichsten Formen im Wasser verbrachten und jeweils auf Trillerpfeifenkommando einander unterhakend Rolle rückwärts vom Beckenrand oder toter Mann im Wasser machen mussten. Schwimmen habe ich nicht gelernt.

5

Die Beine von Frau Roche schienen aus dem gleichen Stall zu kommen wie die unserer Direktorin, Frau Dr. Frey. Die Beine waren aber auch entschieden die einzige Vergleichbarkeit. Auch die von Frau Dr. Frey schauten unter engen Röcken hervor, die aber moderat eng waren, etwas über knielang und Teil von dunkelblauen Kostümen im Herrenschnitt. Davon muss sie ziemlich viele im Schrank gehabt haben. Auch ihre Beine waren muskulös, aber sehr sehnig, während die strammen Waden der Frau Roche einer gewissen

"Knubbeligkeit der Muskeln" entsprachen, wie auch der gesamte Habitus der Frau Roche eher barock anmutete und der von Frau Dr. Frey eher asketisch.

Unsere Direktorin wirkte wie die Chefgouvernante eines preußischen Mädchenpensionats und so waren auch ihre Maßstäbe für alles, was in und um das Aquarium kreuchte, fleuchte und geschah. Sie setzte es durch, dass die Straße vor dem Schulgebäude, eine belebte Anwohnerstraße, jeden Tag außer sonntags von 13.00 bis 14.00 Uhr gesperrt wurde, damit nicht etwa die wie auch immer motorisierten Schüler aus den Jungengymnasien vor dem Aquarium auf ihre aktuellen Freundinnen warteten. Diese Maßnahme hatte zwar nicht lange Bestand, beeindruckte aber doch für einige Zeit die ganze Stadt.

Doch zurück zur Biologie. So wenig uns Frau Roche beeindruckt hatte, so sehr erwies sich Frau Tiefensee als Hauptgewinn in Biologie. Äußerlich war sie nicht unangenehmer Lehrerinnendurchschnitt, etwa Mitte 40, mit einem sehr forschen Organ, von dem wir uns nicht vorstellen konnten, wie es klang, wenn es einmal gedämpft würde. Sie trug ihr längeres Haar wie eine Banane ohne Spange und ein paar Strähnen hingen ihr immer in die Stirn und über die Augen. Bemerkenswert an ihrem Gesicht war das deutlich hängende Lid über einem Auge. Wenn man sie nicht in Aktion sah, wirkte sie dadurch etwas schläfrig. Schläfrig war jedoch die Beschreibung, die am wenigsten auf sie zutraf.

Im Unterricht immer hochkonzentriert brannte sie für ihr Fach und es gelang ihr, uns nach den langen Jahren der Dürre wieder an das Wunder der - in diesem Lehrplanstadium menschlichen - Natur heranzuführen.

Wir tummelten uns zwischen Mitose und Meiose, bewunderten die Doppelhelix, lernten die Basen der DNS und zeichneten Chromosomenpaare.

Frau Tiefensee verdanke ich ein "sehr gut" im Bioabitur nach den jahrelangen, gelangweilten 3en und 4en bei ihren Vorgängerinnen. Es war uns nie eine Frage, ob sie verheiratet und wie ihr Mann war. Sie war uns als Weibchen völlig uninteressant, umso mehr aber als Fachfrau.

6

In beiden Bereichen hatte uns zwei Klassenstufen früher unsere Chemielehrerin interessiert. Sie war neu an die Schule gekommen und für uns deshalb ebenso neu wie das Fach. Frau Damrau kam aus dem Schwäbischen und hatte einen charmanten schwäbischen Akzent. Warum von dort ausgerechnet ins Ruhrgebiet war das erste

Rätsel, das sie uns aufgab, ob sie verheiratet war, das unmittelbar Folgende. Sie war schätzungsweise Mitte 30, ziemlich hübsch, sorgfältig und modisch gekleidet und gehörte somit sofort in die bereits erwähnte, kleine Gruppe derer die sich "aufmachten wie Huren". Sie trug Lippenstift und tuschte sich die Wimpern, färbte jedoch nicht ihre dunklen, kurz geschnittenen Haare, die sie der herrschenden Mode entsprechend leicht auf toupierte. Dass sie sie nicht färbte, bewiesen die glänzenden Silberfäden, die trotz ihres jugendlichen Alters, ihr dunkles Haar durchzogen.

Auch ihre Röcke waren etwas über knielang und nie ganz eng. Meistens hatten sie eine Kellerfalte vorn und einen Gürtel mit schmucker Schnalle über dem Bund. Sie bevorzugte Kleidung in braunen und beigen Schattierungen, die zu ihrem etwas dunkleren Teint sehr gut passten. Im Unterricht trug sie jedoch immer einen blütenweißen, gestärkten Kittel, der vorn offenstand. Trotz ihrer schlanken Figur wirkten ihre Beine etwas stämmig und wir sahen sie auch nie strumpflos. Aber das tat ihrer insgesamt ansehnlichen Erscheinung keinen Abbruch, nicht zuletzt, weil sie eine ausnehmend sympathische junge Frau war und wir sehr gern bei ihr Unterricht hatten.

Schon bald waren wir überzeugt, dass Frau Damrau keinen Mann hatte und das hing mit unserem neuen

Schulschwarm zusammen. Wir waren alle hin und weg, und "wir" heißt die ganze Schule. Herr Seml war seinem Akzent nach ein Tscheche und keiner von uns hatte irgendeine Ahnung, wie und warum er an unsere Schule gekommen war, aber er war da und wertete das Kollegium um 300% auf. Es gab, wie gesagt, kaum Männer, und die wenigen, die wir uns hin und wieder antun mussten waren für uns ein kaum zu bestimmendes Genus. Und dann kam er! Nicht sehr groß, nicht wirklich schön, aber nett aussehend, sympathisch und jung. Um ihn ja nicht von der Leine zu lassen und ihren Claim abzustecken, bot ihm die SMV sofort an

Vertrauenslehrer zu werden, noch ohne irgendetwas Markerschütterndes von ihm gesehen zu haben. Aber freundlich und zurückhaltend lehnte er ab. Er sei noch nicht lange genug da und wolle sich erst zurechtfinden. Welch eine Enttäuschung! Glücklich die Klassen, in denen er unterrichtete. Wir gehörten nicht dazu. Wir begegneten ihm, wenn er Pausenaufsicht hatte, und ich frage mich inzwischen, wie er den Dauerschmacht aushielt, dem er ausgesetzt war. Auch stand er von Anfang an unter verschärfter Beobachtung, und ich bin sicher, dass er nicht das Mindeste verborgen halten konnte, was seine Lehrersozialisation am Aquarium betraf. Hatten wir schon dem weiblichen Lehrkörper, soweit er uns betraf, sehr akribisch nachgespürt, war das jetzt hormongesteuerte Interesse nicht zu bremsen. So konnte es nicht lange verborgen bleiben, dass sich zwischen Herrn Seml und Frau Damrau eine gewisse Nähe entwickelte. Wie groß die Nähe war, zeigte sich, als nach einiger Zeit die Kellerfalte in Frau Damraus Rock zu sperren begann. Das war sensationell an unserer zu 75% katholischen Schule.

Gut, die Direktorin, Frau Dr. Frey, war ostpreußische Protestantin, aber ihre Moralmaßstäbe waren päpstlicher als selbst die des Papstes. Allein die körperlichen Berührungen zwischen den Geschlechtern, wie sie beim Händchenhalten unvermeidlich waren, waren irdisch mit öffentlichem Schultadel und überirdisch mit Hölle zu sanktionieren.

Die Sperrung der Straße war eine reine Prophylaxe Maßnahme gewesen, die aber in der Gesellschaft, schon vor den 68ern überraschend libertinisch, nicht honoriert worden war.

Wie hatte es da zu der Wölbung unter Frau Damraus Kellerfalte kommen können, und dazu, dass bald ihr weißer Kittel weit aufklaffte? Allerdings war auch Frau Damrau Protestantin aber schwäbische, nicht preußische, was die Vermutung nahelegt, dass ihr Lebenszugriff im Ganzen vielleicht etwas katholischer war. Von Herrn Seml wussten wir nicht, welcher Glaubensgemeinschaft wir ihn zurechnen sollten. Aber seiner Herkunft nach und aufgrund der Tatsache, dass nichts an ihm auf Jan Hus hinwies, waren wir der Auffassung, er sei, wenn überhaupt etwas, dann eher katholisch. Das würde auch mit Frau Damraus gewölbter Kellerfalte besser harmonieren.

Nachdem die Frage sich so augenscheinlich geklärt hatte, ob der eine wie die andere verheiratet sei, war unser Interesse nun auf die Frage gelenkt, wie es weiter gehen und was daraus werden sollte. Kurz rechneten wir mit einem Schulverweis für Frau Damrau nicht wissend, dass die Nemesis unserer Direktorin in unumstößliche, staatliche Regularien eingebunden war. Wir sahen die Sanktionen für Händchen halten, und extrapolierten nur das Resultat für gewölbte Kellerfalten. Aber es geschah nichts, außer, dass man von einer Wohnungssuche des Herrn Seml munkelte und nach einigen Wochen Frau Damrau nicht mehr Damrau, sondern Seml hieß und sehr glücklich aussah.

So verloren wir innerhalb kurzer Zeit den bis dato einzigen Mann im Lehrkörper, der diese Bezeichnung verdiente, an eine Lehrerin, die wir zwar mochten, der wir diesen Vorzug aber trotzdem nicht wirklich gönnten.

7

Etwa zur gleichen Zeit wie Frau vormals Damrau
gehörte zum Lehrkörper unserer Klasse Frau Sperling.
Sie unterrichtete uns in Englisch und war unsere
Klassenlehrerin bis zur Untersekunda. Mit ihr erfuhren
wir, dass Brutus "an honorable man" war, erforschten
die Höhle des Rip van Winkel und genossen die
wundervollen Gefühle, mit denen uns Daddy Longlegs
delektierte.

In unsere Zeit mit Frau Sperling fiel auch der 60.
Geburtstag unserer Frau Dr. Direktorin, der Anlass war,
ein großes Schulfest als Geburtstags "Überraschung"
vorzubereiten.

Jede Klasse steuerte etwas Eigenes bei und dazu kamen
Darbietungen des Schulchores und -Orchesters und ein
launiges Schäferspiel dargeboten von einer
klassenübergreifenden Theatergruppe. Da kam schon
ein Programm für den Festakt zusammen, garniert mit
den mehr oder weniger kurzweiligen Reden der Damen
und Herren Laudatoren und Gratulanten aus Politik,
Schulwesen und Kirche. Einige Klassen hatten sich auf
die Sicherung des leiblichen Wohles gestürzt, was, da ja
das Aquarium Gymnasium und Frauenfachschule in
sich vereinte und das Ganze eine rein weibliche
Veranstaltung war, für vollkommen angemessen

gehalten wurde. Auch Blumenschmuck gehörte damals noch zu den weiblichen Obliegenheiten und so glänzte, neben all den anderen Blumengeschenken, unsere Klasse mit einer floralen Sensation. Frau Sperling hatte uns gebeten, also die, deren Eltern über einen Garten verfügten, am Tage des Geburtstages einige Blumen aus eben diesem Garten mitzubringen und auch etwas Grün. Und wer keinen Garten hatte, der sollte irgendwo draußen Blumen pflücken und sie mitbringen.

Vorgegeben war nur eine gewisse Mindestlänge. So unwahrscheinlich es klingt, jede, wirklich jede von uns kam mit einem kleinen Blumenstrauß in die Schule. Das Fest sollte um 11 Uhr beginnen, bis dahin sollte noch planmäßiger Unterricht sein.

Wir hatten an diesem Morgen In der 3. Stunde Englisch und hätten noch eine angefressene Stunde Mathe gehabt, die Frau Sperling aber unserer Mathelehrerin ab gefuchst hatte. Das allein war schon ein Grund sie zu lieben. Die mitgebrachten Blumen standen bis zur 3. Stunde in einem großen Eimer und boten das Bild eines bunten Chaos. Aber dann .... !

Frau Sperling kam schon zu Beginn der Pause - nach der 2. Stunde immer eine große -, und das hieß für uns, wir mussten nicht auf den Pausenhof. So gern wir das ein paar Jahre früher noch gemacht hatten, so ätzend war es zu dieser Zeit, in der Pause das Schulhaus zu verlassen.

Sie war deutlich für das anstehende Festereignis gekleidet und frisiert. Ihre zierliche, mittelgroße Gestalt steckte in einem engen, weißgrundigen, mit großen roten Päonien Blüten bedruckten Kleid ohne Ärmel und mit einem großen, viereckigen Ausschnitt. Sie sah sehr sommerlich und ein bisschen zerbrechlich aus. Ihre sonst mittellangen, blonden Haare waren locker hochgesteckt und wir waren alle entzückt von ihrem Anblick und warteten mit Spannung darauf, was sie zu dem großen Blumenwirrwarr sagen würde. Mit gut gelauntem Lächeln bat sie darum, die Blumen aus dem Eimer zu nehmen und auf das Lehrerpult zu legen. Und dann fing dieses Persönchen an, einen Biedermeierstrauß zu binden, der, als sie aufhörte, so groß war wie das Rad eines großen Kinderfahrrads. Immer wieder musste sie die Stiele mit einem Stück Bast umwinden, weil sie sie nicht mehr umfassen konnte und der Strauß auseinandergefallen wäre. Zum Schluss hatte sie keine Kraft mehr in den Händen und konnte den Strauß mit beiden Händen nicht mehr umfassen. Zwei von uns mussten ihn halten und in Form halten, damit Frau Sperling den ultimativen Bast darum wickeln und ein Glückwunschkärtchen anhängen konnte, auf das unsere Klassenkünstlerin mit Farbstiften wunderhübsche Akeleien gezeichnet hatte. Es war tatsächlich ein Prachtstrauß und wir waren sicher, dass er der Clou unter den Schulpräsenten sein würde, die nichts hatten kosten dürfen und deren Herkunft nicht hätte gekennzeichnet werden sollen. Aber nicht einmal Frau Sperling brachte es über sich dieses Meisterwerk anonym abzugeben und man sah ihr an, wie stolz sie darauf war und wie gern sie ihn vielleicht behalten hätte.

Die Geschenke der einzelnen Klassen wurden auf einer dafür vorgesehenen Fläche in der Sporthalle - dort fand der Festakt statt, weil es eine Aula noch nicht gab, - arrangiert und es gab natürlich viele Blumen, meistens als bunte Garten- oder Wiesensträuße. Entschieden war unser Riesenbiedermeierstrauß der prachtvollste, aber trotz des eigentlich verbotenen Grußkärtchens haben wir nie ein Echo gehört.

Wenn wir damals schon, wie heutige Schüler, mit Handys ausgestattet gewesen wären, würde Frau Sperling wahrscheinlich heute noch als ewig junge Blumenfee durchs Netz schweben.

8

Frau Sperling war die Lehrerin, für die wir uns nicht nur interessierten, nein, für die wir alle schwärmten und wir nahmen großen Anteil an ihrem Wohl und Wehe an unserer Schule.

So wie inzwischen mit Frau Sperling und Frau ehemals Damrau junge, hübsche Lehrerinnen an die Schule gekommen waren, so gab es auch einige neue, jüngere Männer, die aber längst nicht das gleiche Kaliber hatten wie der tschechische Herr Seml.

Einer von ihnen fiel uns auf, obwohl er nicht bei uns unterrichtete. Er wurde häufig mit Frau Sperling zusammen gesehen, auf den Gängen bei der Aufsicht oder, wenn sie den gleichen Weg zum Unterricht hatten. Sie schienen sich gut zu verstehen und plauderten und lachten angeregt miteinander.

Wir hatten Frau Sperlings Mann schon gesehen und gebilligt. Er schien sehr nett zu sein, war auch noch jung und wirkte ein wenig lausbubenhaft. Vor diesem Hintergrund verfolgten wir die nicht definierte Beziehung zwischen Frau Sperling und ihrem Kollegen, Herrn Sultan mit - immerhin wohlwollender - Besorgnis.

Herr Sultan war nicht unbedingt gutaussehend mit seinem bereits schütteren Haar und den wenig prägnanten Gesichtszügen, aber er hatte eine gewisse Präsenz. Er trug immer dunkle Anzüge und - Fliege! Das allein reichte, um ihn zum Gegenstand unserer

Aufmerksamkeit zu machen; und nun noch die Nähe zu Frau Sperling. Wir pflegten ihn etwas despektierlich Propellersultan zu nennen, wenn wir über ihn sprachen, aber seine Fliege beeindruckte uns schon. Glühend beneideten wir unsere Parallelklasse, in der er Geschichte unterrichtete, und von der wir kleine Einzelheiten erfuhren wie, dass er gerne mit dem Zeigestock jonglierte, sich häufig über seine stets artigen Haare strich und über sehr große Taschentücher verfügte, die er aber nur selten entfaltete. Häufig jedoch tupfte er sich mit dem gefalteten Tuch die Lippen, wenn er in einer längeren Sequenz gesprochen hatte. Er wirkte insgesamt sehr gepflegt und irgendwie besonders und wir verstanden gut, dass Frau Sperling ihn mochte und waren sehr nachsichtig, obwohl wir manchmal an die schwellende Kellerfalte der Frau Damrau dachten. Wir sahen jedoch Frau Sperling nicht in unmittelbarer Gefahr, weil sie ja erstens nicht ledig war und zweitens in Essen wohnte, sodass uns ein außerschulischer Kontakt zwischen ihr und Herrn Sultan eher unwahrscheinlich erschien.

So gewöhnten wir uns an den leichten Prickel, den die beiden uns schenkten, und das Schulleben ging so dahin bis zu jenem trüben, regnerischen Tag im Spätherbst. Es fing alles ganz normal an wie immer. Frau Diek stand an der vorderen Eingangstür. Sie hatte Aufsicht, bis um 8.00 Uhr die Schulglocke zur ersten Stunde läutete und mahnte die Hereinströmenden ihre Schuhe auf dem großen Abtreter zu säubern, bevor sie das Treppenhaus betraten. Trotzdem war der Steinboden schmutzig und glatt vor Nässe wie immer, wenn es regnete. Die letzten Nachzügler beeilten sich in ihre Klassenzimmer zu kommen und die erste Stunde begann.

Wir hatten Mathe bei Frau Dr. Lange und erwarteten vergnügt die kleine Kugel auf zwei Beinen im rot grau karierten Arbeitskleid, auf dessen beträchtlichem Brustteil eine große, runde Granatbrosche steckte. Frau Dr. Lange hatte kurze, stark grau durchsetzte Locken, möglicherweise echte, über einem runden, freundlichen, nicht unhübschen Gesicht. Sie mochte um die 50 Jahre alt sein und ihre pralle Rundlichkeit fiel entschieden nicht mehr unter barocke Knubbeligkeit. Ähnlich wie bei Frau Södering wies auch ihre gut gepolsterte Körperkugel keinerlei Wülste oder Einschnitte auf, aber im mathematischen Umfeld erwarteten wir nichts anderes als eine perfekte Kugel. Wir hatten gerade Geometrie bei ihr und versuchten uns in der Berechnung der Inhalte von Flächen und Körpern. Es passte also alles.

Immer strebend bemühten wir uns, den Rauminhalt von Würfeln, Quadern, Kreisen und Kugeln zu errechnen und freuten uns an der hermetischen Zahl pi, die uns versprach alles pi mal Daumen in den Griff zu kriegen, aber wirklich erlöst fühlten wir uns nie.

Diese Mathestunde ging schon deutlich ihrem Ende entgegen, als plötzlich der Lautsprecher zu knattern und zu rauschen begann und die metallisch klingende Stimme der Frau Direktorin in das Klassenzimmer drang. In einer der Bänke klang Gekicher auf über einen launigen Kommentar zu dieser Stimme aus dem All, aber mit ungewohnter Strenge verwies Frau Dr. Lange jede alberne Reaktion und mahnte Aufmerksamkeit an. Frau Dr. Frey entschuldigte sich tatsächlich für die Unterbrechung des Unterrichts, diese sei aber dem Anlass geschuldet. Und dann sagte sie, um Nüchternheit bemüht, dass Herr Sultan, unser propellertragendes Beobachtungsopfer, in der Nacht an einem Herzinfarkt verstorben sei.

Es war totenstill in der Klasse und Frau Dr. Lange, die diese Nachricht sicher schon früher bekommen hatte, sah gestresst und ein wenig hilflos in unsere Gesichter, auf denen sich wohl Bestürzung und Erschrecken zeigte. Zwar hatte Herr Sultan uns nicht unterrichtet, aber er stand uns nahe, ohne es zu wissen, weil er, davon waren wir überzeugt, Frau Sperling nahestand.

Die Mathestunde war in wenigen Minuten zu Ende und Frau Dr. Lange erleichtert, die Klasse verlassen zu können. Die 5 Minuten der kleinen Pause reichten uns natürlich nicht, um uns hinreichend austauschen zu können und so waren wir noch in beträchtlichem innerem und äußerem Aufruhr, als bald nach dem Gong Frau Diek zu uns kam.

9

Wir kannten Frau Diek schon lange bevor sie uns in Latein unterrichtete, von den morgendlichen Aufsichten, in denen sie im Windfang hinter der Schulhaustür stand und die Hereinströmenden mahnte, die Schuhe auf der riesigen Schmutzfangmatte abzutreten und nicht den Schmutz ins Haus zu tragen. Sehr ruhig, freundlich, aber beharrlich. Und die Katholischen unter uns kannten sie aus den Gottesdiensten, die einmal in der Woche, mittwochs in der ersten Stunde, stattfanden und für uns Schülerinnen verpflichtend waren. Der katholische Gottesdienst in der katholischen, für die Protestanten in der evangelischen Stadtkirche. Frau Diek gehörte zu den sehr wenigen Lehrerinnen, die regelmäßig an diesem Schulgottesdienst teilnahmen und war Garantin dafür, dass wir für den Weg von der Kirche zur Schule nicht zu viel Zeit brauchten. Ohne dass sie uns je offen angetrieben hätte, waren wir doch überzeugt, dass sie uns im Blick hatte, und wollten uns nicht die Blöße geben unter ihren Augen zu trödeln.

Mit Ihren elastischen, aber festen Schritten betrat sie nun das Klassenzimmer. Latein war angesagt. Frau Diek war ruhig und beherrscht wie immer, nur in ihren Augen, die meistens freundlich und oft auch humorvoll blickten, lagen Ernst und Trauer. Sie wirkte weder verunsichert noch bedrückt, aber ernsthaft traurig. Mit wenigen, teilnahmsvollen Worten bat sie uns, unsere Plätze einzunehmen und 3 Minuten schweigend zu verharren, um unser Gleichgewicht wieder zu finden. Auch sie selbst blieb schweigend vor uns stehen und sah, ohne etwas zu tun, auf den Boden. Nach diesen 3 Minuten fragte sie uns, ob wir gemeinsam Unterricht machen oder sie uns lieber Aufgaben für Stillarbeit geben solle. Für Fragen stünde sie zur Verfügung.

So sehr es uns alle nach Austausch über die schlimme Nachricht drängte, wussten wir doch, dass Frau Diek unserer Klassenlehrerin Frau Sperling nicht vorgreifen würde und wir waren dankbar für das Angebot der Stillarbeit.

Lateinstunden verliefen immer sehr ruhig und unaufgeregt, weil Frau Diek sehr ruhig und unaufgeregt unterrichtete und wir es für äußerst unpassend gehalten hätten uns entgegen dieser Attitüde zu verhalten, aber das hinderte nie einen, wenn auch sehr gedämpften, Austausch zwischen uns. Diese Stunde aber verlief so ruhig, dass man zu jeder Zeit eine Stecknadel hätte fallen hören können.

Als es endlich läutete, blieben wir noch minutenlang schweigend sitzen. Erst allmählich fanden wir uns zusammen und bald steigerte sich unsere stille Betroffenheit in aufgeregte, besorgte Erwartung und wir ergingen uns in Mutmaßungen darüber, wie Frau Sperling mit dem Tod von Herrn Sultan würde umgehen können, wo man ihr doch höchstens die konventionelle Trauer um einen Kollegen zubilligen würde.

Es fiel uns gar nicht auf, dass schon die erste Hälfte der großen Pause um war und noch keine Pausenaufsicht uns auf den Schulhof gescheucht hatte. So blieben wir, heftig miteinander redend, im Klassenzimmer, bis der Gong die nächste Stunde ankündigte. Englisch bei Frau Sperling.

10

Sie war in der Regel pünktlich und nur so viel später nach dem Gong in der Klasse, wie der Weg vom Lehrerzimmer bis zu uns brauchte. Heute kam sie nicht.

Immer stand eine Späherin an der Tür, um die nahenden LehrerInnen anzukündigen. Mit dem Ruf "sie kommt"(selten "er") verschwanden blitzschnell noch abzuschreibende Hausaufgaben, Bravos oder Ähnliches von den Tischen und wir standen schon in Hab-acht-Stellung neben unseren Stühlen, wenn die oder der Angekündigte hereinkam. Wir mussten zur Begrüßung noch stehen und setzten uns unter heftigem Stühle scharren erst nach dem Gruß. "Gu-ten- Mor-gen Frau-Sö-de-ring". Dieses Geleiere war keineswegs aufmunternd, aber so war es eben. Jetzt war es Frau Sperling, die auf ein heiseres "good morning, girls" die geleierte Antwort bekam, wenn auch auf Englisch. Aber wir dämpften unwillkürlich unsere Stimmen und statt eines satten Leiertons kam die Grußantwort wie ein Tröpfeln und noch nicht einmal von allen gleichzeitig.

Etwas in diesem hüben wie drüben abweichenden Grußritual schien eine Brücke zu schlagen zwischen Frau Sperling und uns, schien eine Verständnisebene zu schaffen, die es unnötig machte viel über den Todesfall zu reden. Frau Sperling wirkte angegriffen, aber gefasst, mit etwas geröteten Augen. Ohne viel zu erklären, sagte sie uns, dass sie nicht in der Lage sei, Unterricht zu machen und uns bäte, im Buch die Übungen zur Lektion zu machen, soweit wir kämen. Dann ging sie zum Fenster und sah, uns den Rücken zudrehend, in den Regen. Sie blieb dort stehen, fast unbewegt, die ganze

Stunde. Ihre Schultern zuckten hin und wieder in ihrem Weinen und eine Hand mit Taschentuch fuhr an die Augen, aber wir hörten nichts.

Am Ende der Stunde verließ sie uns mit einem hilflosen Blick. Ihre Augen waren jetzt rotgeweint. Wir blieben beklommen zurück.

Nach der 4. Stunde schloss Frau Dr. Frey den Unterricht für diesen Tag, weil sich wohl gezeigt hatte, dass sich LehrerInnen und Schülerinnen nicht mehr auf Unterricht einlassen konnten.

Drei Tage war Frau Sperling krank, nun lebt sie wieder, Gott sei Dank.

Nun, es waren nicht 3, sondern nur 2 Tage, an denen sie nicht in der Schule war und dann war sie deutlich verändert. Die Frische und Zugewandtheit, mit der sie uns im Sturm erobert hatte und die so gut zu ihrer äußeren Erscheinung passte, war einem stillen, traurigen Ernst gewichen und immer noch löste sie Beklommenheit in uns aus, wenn sie mit uns sprach.

Wir wussten nicht, wo Propellersultan gewohnt hatte, aber offenbar war es nicht in unserer Stadt, denn wir hatten einige Tage auf die Aufforderung gewartet bei der Beisetzung auf dem Friedhof Spalier zu stehen, wie es vor einigen Jahren gewesen war, als eine ältere

Lehrerin verstorben war. Aber diese Aufforderung kam nicht, nur die Information, dass die Beisetzung an seinem Wohnort stattgefunden habe.

Schon eine Woche später hatten sich die Wogen in der Schule geglättet, nur Frau Sperling begegneten wir mit einer gewissen Scheu, da sie immer noch von dem Verlust gezeichnet war, obwohl sie sich sehr bemühte sich nichts mehr anmerken zu lassen.

Auffallend war, dass sie jetzt sehr oft von ihrem Mann mit dem Auto abgeholt wurde. Bisher war sie immer mit dem Zug gefahren.

Noch eine Woche später gab es fast überall wieder business as usual, außer vielleicht in den Klassen, wo die Vertretung für Herrn Sultan noch nicht hatte organisiert werden können. So neidisch wir noch vor kurzem auf sie waren, weil sie bei ihm Unterricht hatten, so neidisch waren wir jetzt auf ihre Freistunden, weil sie nicht mehr bei ihm Unterricht hatten.

11

In dieser Zeit der Erschütterung bekam allmählich die Großbaustelle hinter der Schule ein Gesicht. Es sollte die neue Aula werden, die dann für alle Festakte und Schulveranstaltungen, und nicht nur die, der würdige Rahmen sein würde. Es war dies der dritte und letzte Bauabschnitt unseres Schulkomplexes, der sich dann zu einem Großaquarium gemausert haben würde.

Als wir nach einer einjährigen Startzeit im damals noch einzigen Jungengymnasium der Stadt in unser neu erbautes Mädchengymnasium einzogen, bestand dieses erst aus dem sogenannten Atriumgebäude, einem vierflügeligen, 2-geschossigen Pavillon, dessen Flügel einen kleinen, hübsch gestalteten Innenhof umschlossen, das Atrium eben. In einem der Flügel ruhte ein Drittel des oberen Geschosses auf Pfeilern, sodass ein Durchgang zum zukünftigen, allgemeinen Pausenhof gegeben war, der vor dem großen, im Bau befindlichen Baukörper des Gymnasiums lag.

Obwohl der Atriumbau nicht sehr groß war, bot er doch die Klassenräume für 9 Jahrgangsstufen, ein Lehrerzimmer und eine Hausmeisterwohnung. Es gab allerdings noch keine Räume für Parallelklassen. Den Musiksaal, der im Durchgang zur Aula liegen sollte, gab es erst als Torso mit Bretterwand. Überhaupt fehlten noch die Fachräume, die im Quaderbau des Gymnasiums liegen würden, weshalb die Naturwissenschaften zwei Jahre lang in den Klassenräumen und deshalb eher theoretisch unterrichtet werden mussten. Dieser erste und ursprüngliche Teil des Aquariums wurde später der Trakt der Frauenfachschule und der große schmucklose Quader mit 3 Stockwerken das Gymnasium.

Als wir aus dem Jungengymnasium in den neuen Mädchenbau umgezogen waren, machte der erste Mädchenjahrgang hier Abitur.

So lange hatte das Jungengymnasium den Mädchen Asyl gewährt.

Das war für alle sehr beengt gewesen, immerhin mussten im Jungenbau 8 Klassenräume für 8 Mädchenjahrgänge zur Verfügung gestellt und dabei darauf geachtet werden, dass es nicht zu viele Berührungspunkte zwischen männlichen und weiblichen Schülern gab. Die Mädchenklassen lagen also im Gebäude so, dass es möglich war Flure und Treppenhäuser zuzuordnen, sodass sich männliche und weibliche Schüler nicht etwa begegnen mussten. Auch der Schulhof war in zwei streng überwachte Bereiche aufgeteilt und ich erinnere mich an ein furchtbar kaltes Toilettenhaus für die Mädchen am Ende des Mädchenschulhofes. Tatsächlich weiß ich nicht, wo die Jungen zur Toilette gegangen sind. Möglicherweise im Schulgebäude.

12

Überhaupt weiß ich nicht mehr viel von diesem einen Jahr, das ich noch im Jungengymnasium erlebt habe, aber ich weiß, dass meine Klasse sehr groß war, wir waren 39 Sextanerinnen, und wurden nicht geteilt, wohl schon mit Blick auf den Umzug in das neue Gebäude, das für Parallelklassen noch keinen Raum gehabt hätte.

Im Gedächtnis geblieben ist mir außerdem noch unser Musiklehrer in diesem ersten Jahr, Herr Kirchhefer, genannt Pepi. Woher ihm dieser Name zugewachsen war, kann ich nicht sagen, wohl aber, dass er genau das konnotieren ließ, was die Person ausmachte. Pepi sprach mit der charmanten Färbung seiner österreichischen Heimat, was ihm eine irgendwie kostbare Aura gab. Sein Aussehen war nicht spektakulär, aber freundlich. Er war etwas über mittelgroß, gemütlich unathletisch und sein gepolsterter Körper wurde komplettiert durch ein rundes Gesicht, in dem eine Runde Hornbrille dominierte. So wirkte nichts an ihm unharmonisch und er war lange Zeit für mich der Inbegriff des Musiklehrers, auch noch, als wir dann schon Mädchenmusik bei der eckigen Frau Dr. Hack hatten.

Zu Pepi mussten wir einmal in der Woche über das enge Mädchentreppenhaus ins Dachgeschoss klettern, dort war der mäßig große Musiksaal für uns untergebracht und auf dem Weg mussten wir an großen verglasten Sammlungsschränken vorbei, aus denen uns versteinertes Urgetier, Pflanzen und eigenartige Steine nachschauten. Gedämpftes Gekreisch und ein stetiges Summen füllten den Musiksaal, bis nach kurzer Zeit Pepi erschien und zweimal in die Hände klatschte. Wir wussten inzwischen, dass wir stehen bleiben mussten, nicht für die Begrüßung, sondern zum Einsingen. Die Begrüßung war eher einseitig, zum Leiern ließ er uns keine Zeit. "Naja naja na..." dann einen halben Ton höher "Naja naja na…" " Locker, locker, sauberes a, a, a, ja gut so, aber locker. Jetzt piano anfangen und -- steigern, steigern und---Crescendo! Gut so! Und jetzt höher dolu dolu dolu dolu do. Sauberes o, sauberes u,u,u, jaaa gut so. Und piano.... sooooo. Gut! Und setzen!"

39 faches Stühle scharren, Hefte und Mäppchen auf den Boden legen - Tische oder Ablagemöglichkeiten gab es nicht - und erwartungsvolle Stille. Pepi nahm einen Stapel mit Matrize vervielfältigter Blätter von

seinem Lehrertisch. "Geh, du da, deil des amol aas." Mit Namen hielt sich Pepi nicht auf. Wahrscheinlich wusste er, dass wir nach einem Jahr für ihn auf nimmer Wiedersehen verschwunden sein würden. Und dann waren wir auch einfach zu viele. Bald schon hatte jede von uns ein Liedblatt in der Hand und wir fingen an, mit durch Najana gründlich gelockerten Stimmbändern das jeweilige Lied zu erarbeiten. Und am Klavier, the one and only, Pepi!

In der Regel brauchten wir zwei Musikstunden für ein Lied, dann gab es ein Neues. Es hat Spaß gemacht, vor allem, wenn Pepi uns etwas vorsang oder seine Witzchen machte. Wenn ich heute an ihn denke, sehe ich einen etwas rundlicheren Georg Kreisler vor mir. Als ich Pepi kannte, kannte ich Kreisler noch nicht, aber so im Nachhinein sind die beiden ineinander verwoben.

13

Nach dem Umzug in das im Entstehen begriffene Aquarium gab es vorübergehend keinen Musikunterricht mehr wegen des noch nicht vollständigen Musiksaales. Es gab dafür Kunstunterricht, also malen. Das ging auch gut im
Klassenzimmer und ich erinnere mich an ein heftiges Gedränge vor dem Waschbecken, wenn nach der Stunde alle gleichzeitig ihre Pinsel auswaschen wollten. Dieses Gewusel wuchs regelmäßig in die folgende Stunde hinein, weil die 5 Minuten Pause natürlich nicht ausreichte, bis dann die Anweisung kam, den Unterricht so zeitig zu schließen, dass genügend Zeit zum

Pinselreinigen bliebe. Da waren dann die Kunststunden genau solche Torsi, wie es der Musiksaal noch war.

Als der aber geschlossen und in den Übergangsbau integriert war, begann die Ära von Frau Dr. Hack.

Frau Dr. Hack war eine magere, knochige Frau in den 50ern, die ihre langen, dünnen Haare von einem stellenweisen noch blonden Grau zu einem Flechtkranz aufgesteckt trug. Diese Krone war aber überwiegend in Auflösung begriffen und blondgraue Strähnen hingen etwas unordentlich um ihr hageres Gesicht. Das war nicht eigentlich faltig aber die Haut wirkte schlaff und grau und gar nicht glatt. Obwohl sie sehr freundlich war und manchmal richtig lebhaft unterrichten konnte, wirkte sie verhärmt und freudlos. Auch bei ihr haben wir gesungen und uns eingesungen, aber längst nicht jede Stunde. Mit dem Einzug in den neuen Musiksaal gab es ein weiteres Buch in unserem individuellen Jahrgangsapparat und damit auch in den Schultaschen, nämlich das Musikbuch. Natürlich enthielt es auch Lieder mit Noten, aber im hinteren Teil. Vorher gab es jede Menge Theorie von Musikgeschichte, über Instrumentenkunde, Notensysteme, Orchestertheorie bis zu den Grundlagen der Harmonielehre. Schluss also mit hektographierten Liedblättern und dem gemütlichen Singen als einzigem Unterrichtsinhalt. Stattdessen lernten wir die erstaunlichsten Instrumente kennen, die

Allererstaunlichsten nur aus dem Buch, wie z.B. dieses schlangenartige Blasinstrument, das aussah wie ein Stück einer Boa constrictor, nur nicht gefleckt, und dessen Namen ich vergessen habe. Aber auch die weniger Erstaunlichen, und zwar leibhaftig und mit Tonbeispiel. Für die Zensur gab es Instrumente raten. Unter Raten verstand Frau Dr. Hack das Zuordnen von Klangbeispielen zu einem Instrument oder das richtige Bezeichnen der im Dia gezeigten Instrumente. Naja, schon kurzweiliger als Texte abhören, die man nicht gelesen hatte.

Für die meisten von uns ganz gemein war das Bestimmen von einzelnen, am Klavier angeschlagenen Noten als Leistungsmessung. Das um Längen Schlimmste aber war, eine angesagte Note zu intonieren. Aber für einige von uns, die auch supergut vom Blatt singen konnten, hätte es nichts Besseres gegeben, nur kamen die beim Noten Bestimmen oder Singen fast nie dran, sondern das arme Fußvolk, das Lichtjahre vom, noch nicht einmal absoluten, Gehör entfernt war. Wir glaubten an eine tiefe, gemeine Freude der Frau Dr. Hack, wenn sie uns beim öffentlichen (zumindest in der Klasse) Scheitern zuschauen konnte. Die Ausübung der Tonkunst vor den aufmerksam lauschenden Klassenkameradinnen war mitunter schon peinlich genug, aber dann noch ausweglos falsch, das war vernichtend. Entsprechend klein war die Zahl derer, die diese Musiklehrerin ehrlich mochten.

So war der Musikunterricht bei Frau Dr. Hack der Unterricht des großen Abers. Denn nach einiger Zeit zeigte sich, dass auch diejenigen von uns, die anfangs große Schwierigkeiten hatten Töne auseinander zu halten, jetzt immer öfter in der Lage waren die richtige Notenbezeichnung für die vom Klavier kommenden Töne anzugeben.

Unser Staunen über unsere wachsenden Fähigkeiten veränderte allmählich unsere Gefühle für Frau Dr. Hack und als wir dann auf den Zeugnissen sahen, dass unsere Zensuren nicht unser mannigfaltiges Scheitern wieder spiegelten, hatte sie uns quasi mit unserer wachsenden Kompetenz erobert und Pepi verblasste allmählich an unserem Musiklehrerhimmel.

Frau Dr. Hack stellte uns George Gershwin vor und mit ihm lernten wir, wie ein Orchester funktioniert, welche Instrumentengruppen dort zusammenspielen und wie das klingen kann. Über Instrumente wussten wir ja schon Bescheid, sodass diese Begegnung mit Gershwin für uns ein erfreulicher Spaziergang war. Auch dem deutschen Kunstlied konnten wir uns annähern und in zwei Variationen besingen, wie der Knab' das Röslein stehen sah. Auch wie Herr Heinrich am Vogelherd saß, anscheinend recht gut gelaunt, oder ein ziemlich nüchterner Vater nicht erkennt, dass ein Nebelstreif in Wahrheit der Erlkönig ist, der keine freundlichen Absichten hat.

Dann lernten wir sinfonische Dichtungen kennen und erfuhren, wie Sinfonien aufgebaut sind und dass man in einem Konzert nicht nach jedem Satz klatscht. Und wir konnten uns untereinander darauf verständigen, dass der Unterricht bei Frau Dr. Hack schon mal allegro sein konnte, aber meistens adagio war.

14

Diese Zeit der Sinfonien fiel in die Phase, als wir mit Frau Apelbloom Gide lasen, die "Symphonie Pastorale". Obwohl wir mit Frau Dr. Hack nicht die 6. Sinfonie von Beethoven, die Pastorale, sondern die 5. etwas näher angeschaut hatten, fühlten wir uns vollkommen kompetent für diese Novelle von Gide und lasen sie mit großem Interesse, nicht etwa unter musikalischen Gesichtspunkten, sondern weil uns diese Geschichte an die traurige Episode von Frau Sperling und Herrn Sultan denken ließ und wir ohnehin in dieser Zeit für unerfüllte Liebe mit tragischem Ausgang sehr empfänglich waren. Die zwischen unseren beiden Lehrkörpern gab es ja für uns nur aufgrund einer empathischen Fantasie, aber wir waren davon überzeugt. Die fiktive Geschichte von Gide war sehr viel opulenter und deswegen komplexer und tragischer, aber beides löste in uns das gleiche Beben aus. So wunderte sich Frau Apelbloom hin und wieder darüber, wie angerührt wir von dieser Novelle waren.

Frau Apelbloom war, wie man schon vermuten konnte, unsere Französischlehrerin, die einzige bis zum Abitur, von ein, zwei Referendaren abgesehen. Französisch war unsere dritte Fremdsprache und wir fingen damit in der Obertertia an. Bis dahin hatten sich unsere Reihen schon ganz schön gelichtet. Von den 39 hoffnungsvollen Sextanerinnen, die noch im Jungengymnasium ihre höhere Schullaufbahn begonnen hatten, waren bis zur Obertertia 25 übriggeblieben und einige davon wie wackelige Zähne in einem schlecht versorgten Zahnfleisch. Und Französisch in der Obertertia forderte dann noch mal einen bedeutenden Tribut. Zwei oder drei aus unserer damaligen Klasse wechselten auf den Frauenfachschulzweig und lernten Kochen statt Französisch und auch Latein viel weg, wie sonst noch manche Bürde. Jedenfalls waren sie uns nicht ganz verloren, wir sahen sie weiterhin in den Pausen, aber allmählich ließ das Interesse füreinander nach, erlosch schließlich ganz. Ähnlich ging es mit den wenigen, die sitzen blieben und eine Klasse unter uns weitermachten. Die anderen hatten im Laufe der Jahre die Schule verlassen und es gab keinen Kontakt mehr. " Ein bisschen Schwund ist immer", pflegte Herr Doktor Nagel launig zu bemerken, wenn unter seiner Ägide mal wieder ein Klassenziel nicht erreicht wurde. So schrumpften wir stetig dem Abitur entgegen, das wir in einer verschworenen Gemeinschaft von 18 mehr oder weniger eifrigen Schülerinnen ablegten, von denen längst nicht mehr alle zu unserer ursprünglichen Anfangsklasse gehörten. Etliche waren uns zugewachsen, weil sie eine Klasse wiederholen mussten, einige kamen ganz neu an die Schule und es gab ständig einen Wechsel bei diesen Neuzugängen, von denen sich nicht alle in unserer Klasse halten konnten. Also waren wir auf 18 zusammengeschmolzen, als wir unsere Schullaufbahn mit dem Abitur abschlossen. Aber bis dahin hatten wir noch ein ziemlich bewegtes Schulleben.

15

Jedes Schuljahr gab es bald nach den großen Ferien einen Wandertag. WANDER-Tag. Der Sinn Dieser Veranstaltung hat sich uns nie erschlossen, überdies war es nicht unbedingt ein freudig begrüßtes Ereignis. Es durfte nur gewandert werden (abgesehen von einer

eventuellen Anfahrt mit öffentlichen Verkehrsmitteln),
nur in einem Radius von 40 Kilometern im Umkreis und
es stand dafür der ganze Tag zur Verfügung. Der
Beginn der Unternehmung war auf spätestens 8.30 Uhr
festgesetzt, ansonsten gegebenenfalls abhängig von
diversen Fahrplänen.

Diese Zeit nach den Sommerferien war entweder noch
sehr heiß oder sehr nass, beides wie gemacht für
ausschweifende Ausflüge in Wald und Flur. Ich erinnere
mich nicht, dass je ein Wandertag wegen Regens
ausgefallen wäre. Auch nicht jener, an dem Frau
Apelbloom uns begleitete, obwohl sie nicht unsere
Klassenlehrerin war. Das war damals Frau Schill, aber
die war aufgrund eines Hüftleidens nicht wanderfest,
wie sie auch aufgrund ihrer Kinder nicht in der Lage
war, unsere Studienfahrt zu begleiten, und wurde also
von Frau Apelbloom vertreten.

Nur einen einzigen Wandertag haben wir mit Frau Schill
verbracht. Das war, als sie neu an die Schule gekommen
war und wir ihre erste Klasse waren. Wir kannten uns
gegenseitig nicht, sie kannte die Schulgepflogenheiten
nicht und hat sich durch diesen Tag, der mal wieder ein
Regentag gewesen war, hindurchgelitten. Es war unser
Vorschlag gewesen mit der Straßenbahn nach Duisburg
zu fahren, dort bis zum Hafen zu laufen (Wandertag)
und dann eine Hafenrundfahrt zu machen. Das

entsprach nur sehr unvollständig dem geltenden Wandertags-Konzept, wurde aber von ihr akzeptiert, wahrscheinlich, weil sie eh keine Alternative gewusst hätte. So lief sie denn allein hinter uns her durch die Stadt, was ihr sichtlich nicht leichtfiel, und saß dann allein in dem Schiffchen, das uns eineinhalb Stunden durch den verregneten Hafen schipperte. Es war ihr offenkundig nicht gegeben sich beglückt in Smalltalk mit unbekannten halbwüchsigen Mädchen zu versenken. Glücklicherweise saßen wir in dem großen Fahrgastraum im Trockenen, sahen jedoch durch die beschlagenen Scheiben so gut wie nichts. Mit Frau Schill gab es keinen Kontakt und, so leid sie uns tat, weil sie sich offensichtlich so unwohl fühlte, so schwarz sahen wir für unsere gemeinsame Zeit.

An dem Tag also, an dem Frau Apelbloom Frau Schill vertrat, standen wir an jenem etwas kühlen Morgen, mit festem Schuhwerk und Regenjacken ziemlich wetterfest gekleidet, auf dem Platz vor dem Bahnhof, von dem die Linienbusse abfuhren und warteten auf Frau Apelbloom. Es war 8.05, um 8.25 sollte der Bus fahren und Frau Apelbloom hatte um 8.00 Uhr da sein wollen, das war unser vereinbarter Treffzeitpunkt gewesen. Wir wussten, dass sie mit ihrem alten, kackebraunen VW Variant kommen wollte und als sie aber eben nicht kam, erhob sich ungestüm die Hoffnung, dass für uns dieser Wandertag ausfallen könnte. Nicht, dass wir ihr etwas

Schlimmes wünschten, beileibe keinen Unfall, aber so eine langwierige Panne hätte es schon sein dürfen, dann hätten wir noch bis 8.30 gewartet und dann flugs das Weite gesucht. Der Gedanke war kaum zu Ende gedacht, als Frau Apelbloom hinter dem Bahnhofskiosk hervorkam, nicht gerade im Laufschritt, aber deutlich beschleunigt. Sie trug zu ihren robusten Laufschuhen einen robusten Regenmantel und auf dem Kopf eine unter dem Kinn gebundene, zerbrechlich wirkende, transparente Plastikregenhaube. Das alles wirkte ein wenig seltsam, passte aber zu Frau Apelbloom, die zwar ausgezeichnet und, wie ich heute weiß, ziemlich akzentfrei Französisch sprach, aber doch insgesamt eher wie ein angejahrtes englisches Fräulein wirkte. So kicherten wir zwar ein wenig bei ihrem Anblick, aber auch nicht mehr als wir oft in ihrem Unterricht kichern mussten. Sie selbst kicherte auch gern, meistens über uns. So waren wir füreinander ein immerwährender Quell der Freude. Wenn Frau Apelbloom kicherte, war das immer ein kleines, komödiantisches Intermezzo.

Im Unterricht stand sie in der Regel zwischen den Tischreihen, sozusagen mitten unter uns, in ihrem schmalen Tweed Rock und einem zarten Pullover, gern mit Spitzenkrägelchen in - auch hier - robusten Schuhen und schaute auf das aufgeschlagene Buch hinab, das sie auf halber Höhe vor der Brust auf den Händen liegen hatte. Gab jetzt eine von uns ihr einen Anlass zur

Heiterkeit durch eine dumme Frage oder eine abenteuerliche Aussprache, hob sie ihr Gesicht von dem Buch, sah einen Augenblick überrascht durch ihre randlose Brille auf die Anlassgeberin, hob dann mit beiden Händen das geöffnete Buch dicht vor ihr Gesicht und stieß ein sekundenlanges, girrendes Gekicher aus. Dann ließ sie das Buch wieder sinken und widmete sich mit funkelnden Brillengläsern dem Anlass ihrer Heiterkeit. Wir hatten eine solche Freude an diesen kleinen Einlagen, dass wir sie gerne provozierten. Sie war ein bisschen, wie Daudet das Gras beschreibt, das die Ziege frisst, bevor sie der Wolf verschlingt: "Fine, savoureuse, dentelée". Aber so filigran sie auch im Ganzen wirkte, stand sie doch in heiklen Situationen ihre Frau. Sie war nicht prüde; auf eine Kommunikation über auch im weitesten Sinne Intimes mochte sie sich jedoch nicht einlassen. Ohne Verlegenheit und ohne eine Miene zu verziehen, ließ sie Informationen, die ihr zu weit gingen, einfach weg oder modifizierte sie. Im Rahmen einer Maupassant Lektüre stießen wir einmal auf den Begriff "Bidet". Irgendeine Dame benutzte es bei irgendeinem Reinigungsritual. Natürlich wurde die Frage nach dem Bidet gestellt und Frau Apelbloom, die ihr Gesicht von der Lektüre gehoben hatte, sagte, ohne mit einer Wimper zu zucken " Fußwaschbecken". Mehr nicht, und weiter gings im Text. Es war ziemlich offenkundig, dass die Dame sich nicht die Füße gewaschen hatte.

Und nun standen wir hier am Bahnhof, sahen ein wenig enttäuscht diesem englischen Regenfräulein entgegen und staunten nicht schlecht, als sie uns eine Schale mit frischen Erdbeeren präsentierte mit der Bemerkung, für jede eine müsste schon drin sein, sie habe sie heute morgen noch in ihrem Garten gepflückt. Peng! das schlug ein wie ein Pistolenschuss. Für uns hatte sie heute Morgen im Regen noch Erdbeeren gepflückt. Das allein war schon sensationell. Niemals hätte auch nur eine von uns Frau Apelbloom mit einem Garten in Verbindung gebracht. Für uns verbrachte sie ihre Freizeit in einem bequemen, aber filigranen Lehnstuhl unter einer Ständerlampe mit plissiertem, brokatgesäumtem Schirm und einem Buch, das sie halbhoch in beiden Händen hielt. Einige von uns versahen sie auch noch mit einer Angorakatze. Und nun dies. Es war eine nicht unerhebliche Erschütterung für uns, wenn auch eine durchaus positive, und wir waren nicht wenig erleichtert, dass wir uns von Anfang an keine Gedanken über einen potenziellen Ehemann machen mussten, weil immer klar war, dass es einen solchen nicht gab. Wer weiß, wohin wir uns da sonst verirrt hätten.

Wir stiegen dann also in den passenden Bus und fuhren ein paar Kilometer in die bewaldete Umgebung zu einer Stelle, die einen keltischen Ringwall aufweisen sollte, sich aber nur als buckeliges, Unterholz bewachsenes und an jenem Tag tropfnasses Waldstück entpuppte, das abseits vom Hauptweg nur auf Trampelpfaden zu erobern war.

Von oben regnete es, von unten wurde es immer nasser, und nachdem wir eine Dreiviertelstunde gleichmäßig vor uns hin gefroren hatten, blies Frau Apelbloom zum Abbruch dieser Expedition. Wir warteten in quietsch nassen Schuhen noch eine viertel Stunde auf den Bus, waren dann nach kurzer Fahrt wieder am Bahnhof, der nicht weit vom Aquarium entfernt war und kamen so früher als an einem normalen Schultag nach Hause.

16

Wandertage fanden immer am Beginn der Woche statt, vorzugsweise dienstags, so konnte am Montag noch eine letzte Besprechung stattfinden und gegebenenfalls letzte Unklarheiten beseitigt werden. Vor allen Dingen konnte eventuell benötigtes Fahrgeld eingesammelt werden, um schon vor der Unternehmung den benötigten Sammelfahrschein zu erwerben.

So gab es nicht die Möglichkeit sich etwa am Sonntag von diesem sinnfreien Wandertag zu erholen, bevor dann wieder der normale Schulwahnsinn weiter ging. Aber das Ende der Schulwoche wäre damals der Samstag gewesen - einen freien Samstag gab es noch nicht - und der war als Wandertag für ungeeignet befunden worden. Also pflegten wir am Mittwoch nach dem Wanderfest die Schulwoche fortzusetzen und fanden es ganz wohltuend bei Regen in die Schule gehen zu können, statt in Wald und Flur aufzuweichen.

An einem dieser Mittwoche hatten wir, wie der Stundenplan vorschrieb, Deutsch bei Herrn Dr. Nagel. Es muss in der Untertertia gewesen sein, also noch vor Frau Schill und Frau Apelbloom.

Herr Dr. Nagel war einer der wenigen Männer der ersten Stunde am Aquarium, der uns zu mancherlei Freude verholfen hat und ich erinnere mich nicht, dass er je Klassenlehrer in einer Klasse gewesen wäre, obwohl das Hauptfach Deutsch mit seinen vielen Wochenstunden ein Idealfach für Klassenlehrer war. Wir sahen ihn in Deutsch 5 mal in der Woche, schon eine Grundlage für eine gewisse Vertrautheit, wenn diese nicht aus pädagogischen oder disziplinarischen Gründen abgewehrt wurde. Natürlich gab es Lehrer- meistens

Innen-, bei denen von unserer Seite nie im Leben eine Neigung zu Vertrautheit aufkommen konnte, wie z. B. bei der mendelsüchtigen Frau Müller-Weinacht, ohne h. Die waren aber glücklicherweise ein marginales Grüppchen.

Nichts von alldem jedoch bei Dr. Nagel. Zu ihm entwickelten wir eine Vertrautheit wie zu einem entfernt wohnenden Großvater, der einmal im Jahr, am besten zu Weihnachten, zu Besuch kam, ein Besuch auf und über den man sich freute. Wie man die kleinen Eigenheiten dieses Großvaters nur wohlwollend belächelt haben würde, so sahen auch wir über die Macken des Dr.

Nagel wohlwollend hinweg. Oder doch eher sahen wir wohlwollend hin, man wusste ja nie, was man daraus machen konnte.

Dr. Nagel war ein Mann in den mittleren 50ern und wirkte, schon aufgrund seiner nicht alltäglichen Größe, souverän. Er trug einen etwas kolbenförmigen Kopf auf den hochgelegenen Schultern und da er sich sehr gerade und aufrecht hielt und sich sehr gemessen bewegte, hatte sein Rundumblick, wenn er zwischen unseren Tischen im Klassenzimmer stand, etwas giraffenhaftes. Sein graues Haar war schütter und sehr kurz geschnitten, sodass sein Kolbenkopf fast kahl wirkte. Sein längliches Gesicht dominierte eine erstaunlich große, leicht gebogenen Nase, über deren Rücken hin und wieder sein langer Zeigefinger strich. Der gleiche Zeigefinger deutete auch auf diejenige von uns, die eine von ihm gestellte Frage beantworten sollte. Seine Augen waren von einem hellen Grau und blickten meistens humorvoll, manchmal resignierend, auf die übrige Welt hinunter. Da er auch für seine Kleidung die Farben Grau oder beige bevorzugte - ein lindgrüner oder hellblauer Schein kam höchstens von seiner Krawatte - nannten wir ihn manchmal die graue Eminenz.

Wie alle Lehrer damals trug er eine Hose mit Bügelfalte, mal mehr, mal weniger gut gebügelt, ein ordentliches Sacco und Krawatte. Fliege hatte nur Propellersultan getragen und später einer der Referendare.

Dieses Muster eines aufrechten deutschen Pädagogen mühte sich nun, uns die Schönheit deutscher Prosa und Lyrik nahe zu bringen, soweit sie in unsere Lesebücher eingeschlossen war. Und den Schimmelreiter. Das war die einzige Lektüre, die wir mit ihm gelesen haben. Er mochte Lyrik, aber eher die Balladen, in denen etwas los war. So fuhren wir mit John Maynards Schwalbe über den Eriesee - Storm und Fontane waren ihm lieb und teuer - und waren tatsächlich ergriffen von der Tapferkeit und dem Opfermut dieses Steuermanns. "Unsre Liebe sein Lohn". Auch die graue Eminenz war

ergriffen, so bearbeiteten wir dieses Gedicht durchaus einvernehmlich. Auf unterschiedlichen Ebenen bewegten wir uns mit dem "Ring des Polykrates". Dr. Nagel erging sich in Betrachtungen über die Unbeständigkeit des Glücks, wir uns in der Betrachtung seiner überlegenen Höhe und fanden, er blicke wie von seines Daches Zinnen. Fortan hieß er nicht mehr "graue Eminenz", sondern "Polykrates". Immer wieder konnten wir Polykrates in ausgedehnte Diskussionen über unmittelbar anstehende Alltagsfragen verwickeln, z.B., ob man interkonfessionelle Ehen befürworten solle, oder ob das Tragen von Miniröcken ein Zeichen geringerer Intellektualität sei. Dr. Nagel trug nur sehr maßvoll zu solchen wunderbaren Diskussionen bei. Er stand mit gekreuzten Armen an die Fensterbank gelehnt, saß halb darauf, und sah uns zu. Ob er auch zuhörte, lässt sich kaum sagen, seine sehr gelegentlichen Beiträge erschienen oft ein wenig zusammenhanglos.
Aber er machte nicht den Eindruck, dass ihm solche Stunden missfielen und wir hielten es für sehr wahrscheinlich, dass er sich eher darüber freute mit so wenig Aufwand die Stunde rumzukriegen als über unser lebhaftes und reifes Engagement.

Trotz all dieser Kurzweiligkeit verlangte uns mit der Zeit nach einem Ereignis und wir machten uns Gedanken, wie wir eines herbeiführen oder inszenieren könnten. In dieser Zeit hatte eine von uns Geburtstag und bekam von uns ein kleines Geschenk mit Luftballon, den sie an der Lehne ihres Stuhles befestigte, wo er erstaunlicherweise auch für den Rest des Vormittags bleiben durfte. Und da war das Ereignis!!

Polykrates sollte vor lauter Luftballons stehen!

Aber wo blieben wir? Im Klassenzimmer konnten wir uns nicht alle verstecken, höchstens 3 konnten sich verborgen halten. Die anderen mussten sich außerhalb des Klassenzimmers aufhalten.

Am Ende jeder Etage gab es einen kleinen Raum, mit Vorraum und zwei Toilettenkabinen. Wenn wir unseren und den darunter liegenden Toilettenraum benutzten, konnten alle, bis auf die drei, die im Klassenzimmer bleiben konnten, sich für einen guten Teil der Stunde versteckt halten in der Hoffnung, dass niemand in dieser Zeit zur Toilette musste. Es traf sich gut, dass vor der Deutschstunde eine große Pause war. In der Stunde nach der großen Pause ging eigentlich niemand zur Toilette, wenn es nicht wirklich dringend war, weil die Damen und Herren LehrerInnen, das sehr ungnädig aufnahmen und gegebenenfalls ebenso kommentierten. Also fühlten wir uns einigermaßen sicher und schließlich, wer nichts wagt, der nichts gewinnt. Der Verbleib war also geklärt. Jetzt mussten die drei ausgelost werden, die im

Klassenzimmer bleiben und den Auftritt von Polykrates beobachten durften. Das war schnell geschehen und es musste eine Unsichtbarkeitsprobe gemacht werden. Eine von ihnen sollte auf der Fensterbank des ersten Fensters hinter dem Verdunkelungsvorhang stehen. Das ging gut, denn, wenn Dr. Nagel vor der Klasse am Pult stehen blieb, und wir waren sicher, dass er das tun würde, befand sich das Fenster in seinem Rücken. Die beiden anderen hatten ihr weniger beneidenswertes Versteck im Schrank. Der war 2-Türig und hinter jeder Tür waren von unten bis oben Fachböden. Die Zwischenräume waren allerdings recht hoch, sodass man mit gebeugtem Oberkörper und eingeklappten Beinen auf dem untersten Boden sitzen konnte, wenn die Türen nur locker angelehnt waren. Es wären ja maximal 35 Minuten.

Wieder einmal erwies sich, dass die später kommenden LehrerInnen doch recht viele Vorzüge hatten. Dr. Nagel brauchte immer etwas länger, bis er im Klassenzimmer ankam. Nach der voraufgehenden Stunde, es war Latein, blies jede von uns, sobald Frau Diek den Raum verlassen hatte, Ihren Luftballon auf und band ihn so kurz an die Stuhllehne, dass der Ballon, wir hatten uns auf Rot geeinigt, wie ein roter Kopf auf der Stuhllehne saß. Halogengefüllte, die über den Stühlen geschwebt wären, wären um vieles besser gewesen, aber die standen uns halt nicht zur Verfügung und es wäre auch logistisch schwieriger gewesen. Jedenfalls waren wir rechtzeitig fertig, bevor eine Aufsicht kam, und gingen in den Pausenhof hinunter. Nach der Pause schauten wir nur noch einmal ins Klassenzimmer, um zu sehen ob noch alles in Ordnung war, halfen etwas neidvoll den drei Späherinnen in die Verstecke, teufelten sie ein ja leise zu sein und genau zu beobachten und verteilten uns dann in die Toiletten. Ein paar Jahrzehnte später hätten auch hier Handys das Ereignis für alle Zeit festgehalten.

Auf unserem Gang konnten wir nach einigen Minuten Polykrates kommen sehen. Er öffnete die Tür zum Klassenzimmer, die wir wohlweislich geschlossen hatten, machte einen Schritt in den Raum hinein und blieb dann stehen. Wir sahen, wie er seinen immer so aufrechten Körper ins Klassenzimmer hineinbeugte, nach rechts und links sah, sich einmal umdrehte, den Gang entlang sah und dann endlich ins Klassenzimmer trat und die Tür hinter sich schloss. Erst jetzt wurde uns bewusst, dass er ja gar keinen Anlass hatte in der Klasse zu bleiben, wenn niemand darin war. Etwas atemlos warteten wir darauf, dass er wieder herauskam. Wie sollte es dann weitergehen? Aber die Tür blieb zu, er kam nicht. Ziemlich ratlos fragten wir uns, was wir nun tun sollten. Es gab deutliche Planungsschwächen und einen Plan B gab es gar nicht. Nach etwa 10 Minuten gingen zwei von uns vor die Klassentür, um zu lauschen, ob sich etwas tat. Sie kamen zurück mit der

Auskunft, es sei mucksmäuschenstill. Irgendwie war die Situation unbehaglich geworden. Wir einigten uns darauf noch 10 Minuten zu warten und dann gemeinsam in das Klassenzimmer einzuziehen. Eine von uns ging in die untere Etage, um den anderen Bescheid zu sagen und dann später mit Ihnen nach oben zu kommen. Die 10 Minuten dauerten lange und waren ungemütlich. Schließlich ging unsere Gruppe zum Klassenzimmer und ohne auf die andern zu warten, gingen wir hinein. Die letzte von uns gab gerade der anderen Gruppe die Klinke in die Hand, sodass sich unser Einzug ohne Unterbrechung vollzog. Jede blieb neben ihrem Stuhl, neben ihrem Luftballon, stehen. Da wir uns nicht beeilt hatten, dauerte unser Einzug einige Zeit. Dr. Nagel stand währenddessen in seiner Lieblingspose mit verschränkten Armen an die Fensterbank gelehnt und sah uns schweigend zu. Als wir alle neben unseren Stühlen standen, sagten wir sehr einstimmig " gu-ten-Morgen-Herr-Dok-Tor-Na-gel" und er antwortete wie immer " guten Morgen Mädels." Dann setzten wir uns geräuschvoll und sahen ihn abwartend an. Während des Grußes hatten sich die beiden Schrankdamen herausgepellt und waren etwas steif zu ihren Plätzen gegangen und nun sprang noch die Letzte von der Fensterbank. Dr. Nagel sagte immer noch nichts, er schaute bloß. Wir waren ordentlich verunsichert und sagten auch nichts. So schwiegen wir miteinander, bis

der Gong dieser seltsamen Stunde ein Ende machte. Polykrates richtete sich auf in seinen Giraffenhabitus hinein und sandte einen erhabenen Rundblick über uns hin. "Mädels, ich danke Euch für die anregende Stunde."
Sprachs und verließ hochaufgerichtet, gemessenen Schrittes das Klassenzimmer. Er machte keinen Eintrag ins Klassenbuch.

Wir waren einigermaßen aufgewühlt, aber nicht wirklich auf unsere Kosten gekommen. Was genau wir uns von diesem Ereignis versprochen hatten, war nun etwas verschüttet von dem, was daraus geworden war und ein wenig beunruhigt warteten wir auf die Folgen, die es zeitigen würde. Aber es gab keine. Weder von Polykrates noch irgendeiner Lehrerin gab es irgendeinen Kommentar und allmählich fühlten wir uns, als hätten wir eine Niederlage erlitten.

Dr. Nagel war nicht der Erste, mit dem wir uns tastenden Schrittes in das Reich der Euterpe gewagt hatten. Mit den kräftigen lyrischen Abenteuergeschichten hatte uns Frau Schiebl bekannt gemacht und uns die unterschiedlichsten, beeindruckenden Balladen auswendig lernen und vortragen lassen. Auch sie gerne mit gezücktem Stift und Notenbuch bewehrt. Und öfter rann uns der Schweiß von der Stirne heiß, bevor der Meister, respektive die Meisterin, das Werk loben konnte.

Bekanntermaßen sind ja die klassischen Balladen nicht eben arm an Strophen und dass sie sich so schön reimen und einen prima Rhythmus haben, erleichtert es zwar ein bisschen sie zu lernen, aber allein die Menge der Reime ist schon eine Herausforderung. Aber wir haben sie gelernt und als wir uns später bei Frau Dr. Hack bemühten den Erlkönig gesanglich zu erobern, war zumindest der Text keine Schwierigkeit mehr.

Neben Noten für das fehlerfreie, flüssige Aufsagen gab es auch solche für gekonnte Deklamation. Die gab es oft auch schon für gutes Lesen im Unterricht und das machte Spaß. Naja, nicht allen gleich viel. Aber da wir damals noch in den Anfängen unserer gymnasialen Laufbahn steckten und noch sehr viele waren, kamen für das Lesen ohnehin nur die dran, die sich freiwillig meldeten und die konnten es meistens auch gut. Schön war es die unheilschwangere Abschiedsstimmung in die Stimme zu legen, wenn jung Harald am Mast stand und das letzte Segel schwand und schied, oder, wenn das erschreckte Staunen die Ritter und Knappen sprachlos macht, als der König den Becher in der Charybde Geheul wirft von der Klippe, die schroff und steil in die unendliche See hinausragt. Huuuh, schaurig schön. Ja, das Lesen war die Kür, aber das Lernen….

Frau Schiebl war unsere erste Klassenlehrerin im Gymnasium und erzog uns deutschsprachlich, bis sie uns nach der Quarta zu diesem Zweck in die erfahrenen Hände von Herrn Dr. Nagel übergab. Das heißt, sie war die erste Klassenlehrerin im Mädchenaquarium; wer das im ersten Jahr im Jungengymnasium gewesen war, daran habe ich keine Erinnerung. Jedenfalls kam am ersten Tag im Atriumbau Frau Schiebl mit unserer Direktorin ins Klassenzimmer, oder eher unsere Direktorin mit Frau Schiebl und es wirkte, als führte Frau Dr. Frey unsere zukünftige Klassenlehrerin an der Hand; nicht nur, weil unsere Direktorin sie um zwei Haupteslängen überragte. Frau Schiebl war eine rührend wirkende alte Dame, die, außer dass sie klein war, auch erheblich hinkte. Möglicherweise hatte sie ein Hüftleiden oder ein verkürztes Bein, jedenfalls zog sie beim Laufen die eine Schulter stark hoch und lief sehr mühsam und schief. Vielleicht wirkte es deshalb so, als habe Frau Dr. Frey sie an die Hand genommen wie ein kleines Kind, das sich nicht traut, allein zu fremden Menschen zu gehen. Es war das einzige Mal, dass eine Lehrerin oder ein Lehrer uns von Frau Dr. Frey vorgestellt wurde.

So rührend Frau Schiebl an diesem ersten Tag wirkte, so handfest erwies sie sich in der Folge. Sie ließ sich kein x für ein u vormachen und konnte, obwohl sie meistens die Aura einer lieben Großmutter hatte, auch ordentlich auf den Tisch hauen. Sie hatte eine strapazierbare Geduld, was sicher von Vorteil war vor 39 Elfjährigen, aber natürlich gelang es uns hin und wieder die Grenze dieser Geduld zu erreichen. Einmal bis zu dem Punkt, wo sie ihr Buch auf den Tisch schlug und mit sich überschlagender Stimme brüllte " haltet jetzt eure Schnauzen!!" ---- Stille. Uns blieben buchstäblich die Münder offenstehen. Das war so unfassbar, dieses vulgäre Gebrüll aus dem kleinen Körperchen dieser so distinguiert wirkenden Großmutter, dass es uns nachhaltig die Sprache verschlug. Sie konnte sich also über mangelnden Erfolg nicht beklagen, trotzdem wirkte sie selbst so erschüttert, dass sie ebenso sprachlos war wie wir. Ich weiß nicht mehr, wie diese Stunde zu Ende ging, aber jedenfalls benahmen wir uns eine Weile so ordentlich, als wären wir nur halb so viele. Dieser Ausbruch hat jedenfalls der Konsolidierung unserer Beziehungen keinen Abbruch getan. Wie schon gesagt, lasen und lernten wir viele, lange, schöne Gedichte, lasen kleine Prosatexte im Lesebuch, Peter Rosegger: Als ich noch der Waldbauernbub war und ähnliches, aber die Hauptarbeit, die wir miteinander zu bewältigen hatten, war die Erkundung der Grammatik unserer Muttersprache und die Aneignung ihrer Regeln. Muttersprache, kein Ding, würde man meinen. Tatsächlich war eben diese muttersprachliche Grammatik die erste Hürde, die einen Teil unserer Riesenklasse kostete. Von "meine Mutter ihr Fahrrad" bis zum " Fahrrad meiner Mutter" ist ein genauso schwieriger und weiter Weg wie zum Genitiv nach "begierig, kundig, eingedenk, teilhaftig, mächtig, voll" und für manche von uns war er einfach zu weit. Unsere kleine Frau Schiebl reckte sich in vielen Stunden an der Tafel hoch, um verzwickte Sätze zu schreiben, deren unterschiedlich und tückisch verschachtelte Satzteile wir dann erkennen und mit verschieden farbiger Kreide als solche unterstreichen durften. Diese Sätze wurden dann in die Hefte übertragen und auch dort farbig unterstrichen. Hausaufgabe war 10 weitere Sätze zu schreiben und ebenso zu behandeln, sodass die Hefte dieses Satzbauhalbjahres ein recht buntes Bild boten. Konjugationen lernen war Fleißarbeit, nicht unbedingt intellektuelle Herausforderung, aber auch Fleiß war nicht gleichmäßig in der Klasse verteilt und sorgte dafür, dass einige von uns im Kröpfchen landeten. Fast alle jedoch befanden sich bei der Konjugation starker Verben oft auf unbekanntem Gelände. Dass man ein Buch las und nicht leste, war zwar allen geläufig, aber dass die Mütter samstags Kuchen buken, verblüffte alle die, deren Mütter jeden Samstag backten. So machten wir bei aller Widerständigkeit doch die eine oder andere interessante Entdeckung und das Wissen darum, dass es ein Plusquamperfekt und ein Konditional gab, verschaffte uns für Latein einen kleinen Vorsprung.

"Es ist schon immer so gewesen, am letzten Tag wird vorgelesen." Diesen archetypischen Satz kannten wir schon seit wir in der Schule waren, aber die LehrerInnen kannten ihn auch, Frau Schiebl natürlich eingeschlossen. Die hat es ja auch leicht, könnte man denken, die kann ja als Deutschlehrerin aus dem Vollen schöpfen. Konnte sie auch. Aber was macht sie? "Bitte, zeichne mir ein Schaf.", las sie uns mit zarter, kleiner Stimme und einem feinen, sächsischen Akzent vor. Den kannten wir schon, den hatte sie immer, mal mehr, mal weniger deutlich. Aber, wie jetzt der kleine Prinz leicht sächselte, war schon etwas Besonderes. Ja, ausgerechnet den kleinen Prinzen wählte unsere Deutschlehrerin als Bonbon für die letzte Stunde vor den Ferien und stellte so unsere erste Begegnung mit der französischen Literatur her. Saint-Exupéry hätte sich gefreut.

Frau Schiebl ist in meiner Wahrnehmung, bald nachdem sie uns nicht mehr unterrichtete, aus dem Schulleben verschwunden. Sie ist wohl pensioniert worden.

18

Wie Frau Schiebl begleitete uns auch Frau Valois durch diese ersten Jahre im Aquarium. Sie war, neben Frau Diek, die Lehrerin, die regelmäßig am Mittwochmorgen in der Kirche war. Sie war für den katholischen Religionsunterricht der Fels in der Brandung. Alle Katholikinnen in jeder Klasse waren irgendwann für einige Zeit durch ihre Hände gegangen. Wir waren es gleich zu Beginn unserer Laufbahn im Aquarium bis zur Mittelstufe. Danach haben wir dem einen oder anderen Kaplan das Leben schwer gemacht.

In der ersten Religionsstunde kam Frau Valois mit einem Metallkästchen unter dem Arm, einer Bibel in der einen Hand und in der anderen ihre Handtasche zu uns. Wir fühlten uns alle etwas unwohl, weil wir, gerade erst zusammengeschirrt, für den Reliunterricht neu gemixt waren. Wie üblich bildeten die konfessionellen Gruppen aus den Parallelklassen je eine Lerngruppe für den Religionsunterricht. Wir kannten uns also untereinander schlecht bis nicht, und es war auch sehr eng, weil die katholischen Gruppen größer und wir jetzt mehr waren als in unserer eigenen Klasse. Ungemütlich. Aber Frau Valois war in der Lage unsere Aufmerksamkeit zu fesseln, noch ohne etwas zu tun oder zu sagen. Schon auf dem kurzen Weg von der Tür zum Pult sahen wir sie alle an und nicht wenige staunten. Sie mochte damals Mitte 30 gewesen sein, mittelgroß und normal schlank. Ich könnte nicht mehr genau sagen, was sie an jenem Tag trug, aber eigentlich trug sie immer nur enge Röcke und Twinsets in Mauve- und Rosatönen und – auch sie – robuste Schuhe. Bemerkenswert an ihr war ihr Kopf. Das Gesicht nicht besonders hübsch, aber auch nicht hässlich, jedoch umrahmt von sanft gelockten dunkelblonden Haaren, die von einem Mittelscheitel zu beiden Seiten bis zum Kinn hinunterfielen. Dieses Mittelscheitel-Gesicht wirkte derart fromm, dass es an Madonnenbilder erinnerte, ganz besonders, wenn sie auch noch zum Gebet die Hände faltete. Natürlich wurde gebetet zu Beginn der Relistunde und es dauerte eine ganze Weile, bis wir uns nicht mehr vorstellten, sie sei von einem blauen Mantel umflossen. Die Verblüffung über diese geballte Frömmigkeit verflog nach dem Gebet ziemlich schnell, als Frau Valois zum Tagesgeschäft überging. Sie hatte Bibel, Kästchen und Handtasche vor dem Gebet abgelegt, wandte sich nun aber wieder dem Kästchen zu, das unser aller Neugier erregte. Unsere zweite Aktion in dieser Stunde nach dem Gebet, also im gymnasialen Religionsunterricht überhaupt, war, dass wir, auf Aufforderung von Frau Valois, unsere DIN-A4 Relihefte - kariert, ohne Rand - auf der ersten Seite aufgeschlagen an den Rand der Tische legten.

Indessen öffnete Frau Valois das Metallkästchen und entnahm ihm einen großen Stempel, der aussah wie ein Tintenlöscher, rollte ihn über ein breites Stempelkissen und näherte sich dann, sozusagen mit gezücktem Stempel, dem ersten Schülertisch. Ein kurzes Geraderücken des bereit liegenden Heftes und der Stempel wurde auf die jungfräuliche, weiße erste Heftseite gedrückt. So ging sie durch die Reihen zwischen den Tischen, bis das Heft einer jeden von uns mit einem kreisförmigen Stempeldruck des katholischen Kirchenjahres eindeutig gekennzeichnet war.

Jetzt, zu Beginn des Schuljahres nach Ostern, war das nächste zu erwartende Ereignis Christi Himmelfahrt, dann Pfingsten und dann Fronleichnam und, so informierte uns der Kirchenjahrs Stempel unterstützt von Frau Valois, dass es jetzt zwei Wochen nur Sonntage im Jahreskreis geben würde und deshalb die liturgische Farbe Grün war. Wir erfuhren, dass die liturgische Farbe sich vor allem in den Messgewändern zeigte und dass wir jedes Mal bei Kirchenfesten über deren Bedeutung und die liturgische Farbe sprechen würden und den Stempeldruck in dieser Farbe anmalen sollten, so dass wir am Ende des Schuljahres einen vollständig farbigen Stempeldruck haben würden.

Das war unsere erste Stunde mit Frau Valois, der noch viele weitere, weit weniger aktionistische folgen sollten, in denen wir damit befasst waren, biblische Texte oder Katechismus Seiten zu lesen und zu paraphrasieren. Noch eine Aktionsstunde fällt mir ein. Frau Valois brachte einen Stapel doppelseitiger fast DIN A5 formatiger Fotos mit, die Gemälde oder Skulpturen bestimmter heiliger Frauen oder Mädchen zeigten, einer pro Foto.

Es stellte sich heraus, dass sie uns mit unseren Namenstagen bekannt machen wollte. Nicht jede wusste ihren Namenstag, aber mithilfe der Bildchen und der dort abgedruckten Vita oder Legende ließ sich der jeweilige Namenstag zuordnen und seither wurden immer Klassenkameradinnen beglückwünscht, deren Namenstag auf einen Relitag fiel. Einige fanden die Informationen zu ihren Heiligen interessant, andere verglichen, welche Heilige schöner war.

Die Bildchen verschwanden schon deshalb nicht in der Versenkung, weil jede, die kurz vor oder am Relitag Namenstag hatte, einen kurzen Vortrag über ihre Heilige halten musste, was nicht alle gleich brennend interessierte.

Ansonsten erhielten wir eine ziemlich eintönige, religiöse Bildung, die etwas bewegter wurde, wenn wir zu den Festtagen religiöses Brauchtum untersuchten und dazu passend Adventskränze, Weihnachtsbäume und Ostereier oder - hasen in unsere kirchenjahrbewehrten Hefte malten. Favorit war Pfingsten, mit den Feuerzungen über den Apostelhäuptern und dem heiligen Geist als Taube.

Was für ein schönes Video wir hätten drehen können mit dem schauerlich schönen Brausen vom Himmel her, wenn schon die Gnade des Handys über uns ausgegossen gewesen wäre. Sei's drum, es war nicht so und als es in Reli hätte interessant werden können mit

"Humanae Vitae" und künstlicher Befruchtung, haben wir auf Frau Valois schon länger verzichten müssen, weil sie, ohne künstliche Befruchtung und unter Ehrfurcht vor dem ungeborenen Leben, ein Töchterchen namens Rosina zur Welt gebracht hatte.

19

In diesen ersten Jahren waren wir nahezu vollständig in den Händen älterer, oder zumindest so wirkender, Damen. Aber nicht alle waren so distinguierte Großmütter wie Frau Schiebl. Die hatte zwar nie anmutig gewirkt aufgrund ihres Hinkens, aber doch irgendwie fein. Frau Heeremann hingegen wirkte weder anmutig, obwohl ihr Gehapparat völlig in Takt war, noch fein, sie wirkte plump. Sie gehörte zu den

Lehrerinnen mit einem Anfangsritual, wenn sie in das Klassenzimmer kam. Natürlich wurde sie uns angekündigt von der jeweiligen Türsteherin, aber eigentlich wäre das nicht nötig gewesen, denn wir hörten ihren schweren Schritt schon, wenn sie über den Flur kam. Auch sie trug, wie die meisten Lehrerinnen damals, robuste Schuhe und ihre Sohlen quietschten auf dem Steinboden im Flur und manchmal auch auf dem Linoleum im Klassenzimmer. Ab dem Signal "sie kohommt" warteten wir darauf, dass ihr runder, dauergewellter Kopf auf rundlichen Schultern sich wie eine Vorhut ins Klassenzimmer schob und der restliche, vollschlanke Körper folgte. Sie ging deutlich nach vorn gebeugt auf das Lehrerpult zu, den Blick stetig auf den Boden vor ihr gerichtet, blieb neben dem Pult stehen, ihre kleine Einkaufstasche in einer Hand, sah uns an und sagte:" good morning girls." Das war für uns der englische Gruß bis zum Abitur. Danach zog sie den Stuhl hervor und stellte darauf ihre Tasche ab, die wohl alle Schätze eines Schulvormittags barg. Dann kramte sie daraus eine verheißungsvoll rasselnde, runde Blechschachtel hervor, entnahm ihr eine kleine, schwarze Halspastille, steckte diese in den Mund, schloss die Schachtel wieder und legte sie in die Tasche zurück. Dabei nahm sie ein schwarzes DIN A4 Doppelheft heraus, schlug es auf und legte es auf das

Pult. Jetzt nestelte sie ihre kleine Armbanduhr vom Handgelenk und legte sie neben das Heft. Ach ja, Frau Heeremann hatte auch noch ein Blechschächtelchen ausgepackt, das ihre eigene Kreide enthielt, weiße und bunte, denn es kam vor, dass der Ordnungsdienst nicht rechtzeitig für genügend Kreide gesorgt hatte.

Frau Heeremann legte ihren gesammelten Anglisten Ehrgeiz darein, uns eine möglichst englische Aussprache zu vermitteln. Deshalb gab es in diesen phonetischen Wochen, ach, Monaten, noch kein Buch.

Höchstselbst schrieb sie, nach der Vorlage ihres Heftes, Kolonnen von Vokabeln an die Tafel und daneben die phonetische Umschrift, die wir dann im Zehnerpack abarbeiteten, sowohl die Wörter als auch die Umschrift lernend. In der ersten Zeit malte sie auch noch kleine Bildchen neben die Wörter, damit z.B. der Unterschied zwischen pee und pie uns sinnfällig wurde. Wenn wir die eigenartigen Aussprachezeichen den entsprechenden Buchstaben zuordnen konnten, war es Zeit, die tatsächliche Aussprache zu üben und zu erlernen. Dabei stellten wir erstaunt fest, dass uns bekannte Buchstaben im Englischen ganz anders klangen als im Deutschen. Also machte es schon Sinn hinter die bekannten Buchstaben die unbekannten phonetischen Zeichen zu malen, deren Verlautung wir zunächst und dann die Aussprache der angeschriebenen Vokabeln lernten. Und übten. Und übten, mit allen Tricks und Kniffen. Wir prüften mit der Hand vor dem Mund die ausgestoßene Luft, spürten mit der Hand an der Kehle den Vibrationen der Stimmbänder nach, um stimmhaftes von stimmlosem „s" zu unterscheiden und brachten unsere Zungenspitzen in ernste Gefahr, um ein akzeptables th zu artikulieren. Auch das englische double u war eine Klippe, auf die manche von uns immerzu aufliefen.

Und als dann endlich nach langer Zeit Frau Heeremann der Ansicht war, mehr könne sie für unsere

Aussprachekompetenz quasi im Trockendock nicht erreichen, führte sie uns endlich an das programmatische Lehrwerk "Learning English" heran. Und wie leicht ging es mit den ersten Lektionen vorwärts, zusammen mit Mr. Fox und einem Hund, der keine Katze war und vice versa. " Look, a dog. Is it a dog? No, it is not a dog, it is a cat. Look, a cat. Is it a cat? No, it is not a cat, it is a dog. Look, this is Mr. Fox. Is it Mr. Fox? Yes, it is Mr. Fox." So begann unser fortschreitendes, aber wechselvolles learning englisch. Und mit dem Fortschreiten im Buch schritt auch unsere Beziehung zu Frau Heeremann fort.

Während unser Lesebuch in Deutsch "der Strom" hieß, in alljährlich neuen Ausgaben durch die Jahrgangsstufen hindurch mäanderte, und sich äußerlich durch die Einbandfarbe und die hinzugefügte Ziffer der Zählung unterschied und man tiefgründige Überlegungen anstellen musste, wenn man ergründen wollte, was dieser Titel mit Inhalt und Zweck des Werkes zu tun hatte, war der Name des Englischbuches Programm: "Learning English". Wie übrigens auch in den anderen Sprachen ein direkter Zusammenhang zwischen Titel und Zweck des Buches zu erkennen war. Beim Lateinbuch vielleicht etwas elliptisch, weil nicht gesagt wurde, was mit dem "Fundamentum Latinum" geschehen sollte, aber bei "Études Françaises" war es genauso klar wie bei "Learning English". Und in den Naturwissenschaften und in Mathe war nur kurz und bündig das Fachgebiet angegeben, "Mechanische Physik" oder " Geometrie" und manche Titel wurden von uns völlig vernachlässigt und wir sprachen nur vom "Seydlitz" oder vom "Linder", wenn wir Erdkunde- oder Biobuch meinten.

In Englisch eben sagte uns unser Buch, was wir tun sollten, und Frau Heeremann half uns nach Kräften dabei.

Sie hat uns viele Jahre begleitet, erst in Englisch und später in Geschichte und ihr Eingangsritual war nicht fachgebunden. Sie hat sich nicht so reibungslos unsere Zuneigung erworben wie manche andere Lehrerin, aber wir bemerkten nach einiger Zeit, dass sie auf etwas unbeholfene Weise um uns warb. Sie wirkte wie gesagt plump und bewegte sich auch so, und ihre Art sich zu kleiden hatte wenig Charme, wirkte aber manchmal rührend. Sie hatte eine Vorliebe für Faltenröcke, die nicht wenig dazu beitrugen, ihre ohnehin nicht sehr schlanken Hüften zu verbreitern. Mit ihren Faltenröcken kombinierte sie Blusen, meistens mit braven Bubikragen und bis oben hin geschlossen. Wenn es warm war, gab es die kurzärmelige Variante, für kühlere Zeiten die langen Ärmel und die Strickjacke darüber, je nach Bedarf offen oder geschlossen. Alles sehr vernünftig, aber eben nicht sehr vorteilhaft für sie und überhaupt kein bisschen pfiffig, wie es hingegen Frau Apelblooms Spitzenkrägelchen gewesen waren. Hin und wieder strickte Frau Heeremann ihre Strickjacken selbst und als wir einander nähergekommen waren, erzählte sie uns, wenn sie ein neues Modell in Angriff genommen hatte. Wenn es dann fertig war und sie es trug, führte sie es uns vor wie ein Model, indem sie sich mit schwingendem Faltenrock in ihren robusten Schuhen um ihre eigene Achse drehte. Auch das war rührend, fast so, wie ein Wolf seinem Rivalen die Kehle hin wendet mit der Bitte, "tu mir nichts". Nun, wir taten ihr nichts, bewunderten ihre Strickjacke und fanden diese Frau unter uns so seltsam wie immer.

Sie war jedenfalls überhaupt nicht die Lehrerin, die man unbedingt auf eine Studienfahrt mitnehmen würde, oder neben der man an einem Elternnachmittag gern sitzen und Kaffee trinken würde. Aber sie war jemand, den wir auf keinen Fall verletzen wollten und den wir glaubten, auch, wenn wir sie altbacken und seltsam fanden, beschützen zu müssen. Wir haben uns oft über Frau Heeremann lustig gemacht, aber wir hätten uns über sie nie so verächtlich geäußert wie über Frau Roche, dafür verstand sie zu viel von ihren beiden Fächern und arbeitete immer daran sie uns nahe zu bringen.

20

Apropos Eltern-Nachmittag, diese Veranstaltung hatte sich bis in die untere Mittelstufe bei uns etabliert und wir ließen sie, je nach Laune, ein bis zweimal im Schuljahr stattfinden. Unsere jeweiligen KlassenlehrerInnen ließen uns gewähren und überließen uns bereitwillig die Organisation und Vorbereitung. Eingeladen waren immer die Eltern und die LehrerInnen und die kamen auch gern und fast immer vollzählig. Wir bereiteten Sketche, kleine Geschichten und Gedichte vor, die an der Kaffeetafel zwanglos vorgetragen wurden, und die Mütter steuerten den Kuchen bei, den sie dafür gebacken hatten. Obwohl natürlich nicht immer alle Mütter backen mussten, kam jedes Mal eine opulente Kaffeetafel zu Stande. Es erwies sich immer als sehr nützlich, wenn Eltern und LehrerInnen sich in dieser lockeren Atmosphäre begegnen konnten und keineswegs nur über Kuchenrezepte miteinander sprachen. Auch wir versuchten den LehrerInnen, die wir mochten, möglichst nahe zu kommen, was nicht für jede von uns hinlänglich möglich war, und trotzdem hatten wir danach immer das Gefühl wirklich schöne 2 Stunden verbracht zu haben.

Hin und wieder gab es auch ein kleines Theaterstück statt des Kaffeenachmittags. Das erste war „die Prinzessin und der Schweinehirt ". Zu diesem Stück stellten wir aus Pappe und Krepppapier mit Hilfe von Frau Moor mit Doppel O und in ihren Stunden die Kulissen und einige Requisiten her. Das war in der Quinta. Die Mütter buken keinen Kuchen, sondern nähten Kostüme. So bekam ich endlich ein 1A Prinzessinnenkleid, von dem ich seit dem Kindergarten geträumt und unzählige Bilder gemalt hatte. Es war eine rauschhafte Vorstellung, was in diesem Kleid gar nicht anders hätte sein können. Später, in der Untertertia, waren es dann einmal einige Szenen aus der „Feuerzangenbowle", die wir mit großem Vergnügen spielten und damit fanden dann die Elternnachmittage unter unserer Regie ihr Ende. Wir gehörten jetzt schon zu den ziemlich Großen und da passte solcher Kinderkram nicht mehr.

21

Dass wir wirklich zu den Großen gehörten zeigte sich später deutlich an unserer Beziehung zu Herrn Neumann. Herr Neumann war der erste „schöne" Mann im Aquarium und wir mussten erst die Obersekunda erreichen, bis er in Erscheinung trat. Heute weiß ich nicht mehr, ob er die Bezeichnung „schön" wirklich verdiente, denn jetzt, wo ich an ihn denke, fallen mir zuerst die kurzen Ärmel seiner Sommerhemden ein, aus denen sehr weiße, unmuskulöse, irgendwie staksige Arme ragten. Seltsam, dass sich ausgerechnet dieses wenig schöne Detail festgesetzt hat bei all der Aufregung, die sein gutes Aussehen uns bereitet hat. Er war Referendar und seinerseits damit beschäftigt in die Geheimnisse eines gelingenden Matheunterrichts einzudringen. Es gelang ihm nicht wirklich gut, aber was spielte das für eine Rolle. Denjenigen von uns, die eh kein Problem mit Mathe hatten, konnte sein vergebliche Mühe nicht schaden und die andern waren nur zu bereit, die Undurchdringlichkeit der Materie ihrer eigenen Blödheit anzulasten. Viel wichtiger war, den exakten Schnitt seines dunkelblonden leicht welligen Haares zu bewundern und die leichte Verlegenheit, die sich in seinem Blick zeigte angesichts so viel Teenager - schwärmerei. Aber neben der Verlegenheit schien immer auch ein wenig geschmeichelte Eitelkeit durch. Allmählich schien er zu glauben, dass unsere Schwärmerei seine Didaktik ersetzte, und sein anfänglicher Eifer ließ deutlich nach, was schließlich doch dazu führte, dass ich das schlechteste Mathejahr meiner Schulzeit erlebte. Zugegeben, ich war kein Ausbund an Fleiß, aber ich hatte eine gute Auffassungsgabe und war in der Lage mit kleinen Bröckchen zu überleben, aber die Bröckchen, die es von ihm gab, waren für mich zu klein.

Vor keinem Unterricht gab es in diesem Jahr so viel Unruhe wie vor den Neumannstunden. Die halbe Klasse drängte sich vor dem Spiegel über dem kleinen Waschbecken zusammen, um ja rechtzeitig die Wimpern zu tuschen, die Lippen wenigstens einzucremen, damit sie glänzten, oder den Pferdeschwanz aufzumachen. Aber auch diese Aufregung ließ allmählich nach.
Er blieb uns bis zum Abitur erhalten, dann schon ordentlicher Assessor, und dass ich in der mündlichen Prüfung wenigstens eine drei schaffte, nachdem ich in der Abi Klausur eine satte 5 hingelegt hatte, verdanke ich nicht dem Prüfgenie des Herrn Neumann, sondern den hilfreichen Vorbereitungen einer lieben Mitschülerin, für die Mathe „kein Ding" war.

22

Von Klassenstufe zu Klassenstufe entwuchsen wir bestimmten Betrachtungsweisen und Gepflogenheiten und unsere Interessen orientierten sich zunehmend an außerschulischen Inhalten. Die raumgreifende Bedeutung unserer LehrerInnen verlor an Größe und wurde umso funktionaler, je mehr wir uns dem Abitur näherten.

Als jetzt allmählich die Persönlichkeiten, die uns einst unterrichtet haben, in meiner Erinnerung wieder Gestalt gewannen, habe ich nicht schlecht darüber gestaunt, was an einer Lehrerin, an einem Lehrer für Schülerinnen interessant und bedeutsam sein kann, und ich hätte nicht geglaubt, dass das Fehlen z.B. von Wulstigkeiten so nachhaltig zu den Lerninhalten einer Schullaufbahn gehören könnte.

Dass dies aber durchaus so sein kann, ist mir wieder begegnet, als ich, inzwischen selbst zum Lehrkörper avanciert, in einer Klasse gefragt wurde, ob mir schon die sehr großen Großzehen einer Kollegin aufgefallen wären, die sich, mit rotem Nagellackanstrich bewehrt, aus der Zehenöffnung ihrer Sandalen bemerkenswert nach oben bogen

Ich bin sicher, dass auch diese Beobachtung einen Platz in so mancher Erinnerung behalten und den Lehrkörper mitsamt seinem sehr spezifischen Biotop unvergesslich machen wird.

Rund, eckig oder kurvig - auf jeden
„Lehrkörper" meiner weit entfernten
Schulzeit traf mindestens eines dieser
Attribute zu. In der Erinnerung erhalten
blieben außerdem ihre mehr oder weniger
liebenswerten Eigenarten und
Verhaltensweisen jenseits von allem, was
sie uns " für das Leben" lehren wollten.
Heute erscheint manches unvorstellbar,
mindestens aber seltsam, vieles wirkt auch
so komisch, dass man sich kaum vorstellen

kann, dass es einmal wirklich ernst gemeint gewesen ist.

Erinnerungen an eine Schulzeit in den 1960ern. Überraschende Lehrerinnen Persönlichkeiten und Eigenarten. Der Blick auf den „Lehrkörper" ist ebenso weiblich wie die Schülerschaft mit dem Potential, Realitäten in Frage zu stellen. Lassen Sie sich überraschen.